EuLEIO

EDGAR ALLAN POE
O ESCARAVELHO DE OURO
E OUTRAS HISTÓRIAS

Texto integral

Seleção e tradução
José Rubens Siqueira

editora ática

Título original: *The gold bug*
Título da edição brasileira: *O escaravelho de ouro e outras histórias*

Editor	Fernando Paixão
Assistência editorial	Isa Mara Lando
	Mário Vilela
Preparador	Nelson Nicolai
Coordenadora de revisão	Ivany Picasso Batista
Revisora	Ana Luiza Couto

ARTE

Editor	Jayme Leão
Ilustração/capa	Jayme Leão
Ilustração/miolo	Bicalho, Edgar R. Souza, Kipper
	Negreiros, Nestor e Sol
Diagramação	Jayme Leão
Arte-final	Fukuko Saito
	Antonio U. Domiêncio
Coordenação de composição	Wander Camargo da Silva
Paginação em vídeo/composição	José Anacleto Santana

CIP-BRASIL. CATALOGAÇÃO NA FONTE
SINDICATO NACIONAL DOS EDITORES DE LIVROS, RJ

P798e
6.ed.

Poe, Edgar Allan, 1809-1849
    O escaravelho de ouro e outras histórias / Edgar Allan Poe ;
seleção e tradução de José Rubens Siqueira ; ilustração
Bicalho. - 6.ed. - São Paulo : Ática, 1999.
    128p. : il. - (Eu Leio)

ISBN 978-85-08-04522-8

1. Conto americano. I. Siqueira, José Rubens, 1945-. II.
Bicalho. III. Título. IV. Série.

10-0518.
                                    CDD: 813
                                    CDU: 821.111(73)-3

ISBN 978 85 08 04522-8
CAE: 231670
CL:730923
2024
6ª edição
25ªimpressão
Impressão e acabamento: Log&Print Gráfica, Dados Variáveis e Logística S.A.

Todos os direitos reservados pela Editora Ática S.A.
Av. das Nações Unidas, 7221 – CEP 05425-902 – São Paulo, SP
Atendimento ao cliente: 4003-3061 – atendimento@aticascipione.com.br
www.coletivoleitor.com.br

IMPORTANTE: Ao comprar um livro, você remunera e reconhece o trabalho do autor e o de muitos outros profissionais envolvidos na produção editorial e na comercialização das obras: editores, revisores, diagramadores, ilustradores, gráficos, divulgadores, distribuidores, livreiros, entre outros. Ajude-nos a combater a cópia ilegal! Ela gera desemprego, prejudica a difusão da cultura e encarece os livros que você compra.

EDITORA AFILIADA

EDGAR ALLAN POE
Criador de histórias extraordinárias

Eliane Robert Moraes

*V*amos começar pelo final. E, já que nosso tema é Edgar Allan Poe, vamos começar pelo mistério. A 27 de setembro de 1849, após jantar com alguns amigos em Richmond, Poe dirigiu-se ao cais da cidade. Por volta das quatro horas da madrugada, embarcou num navio para Baltimore e, ao que tudo indica, chegou a seu destino no dia seguinte. A viagem havia sido programada para ser bem rápida, pois ele estava de casamento marcado com a sra. Shelton, um antigo amor de juventude. Porém, de sua suposta chegada a Baltimore até o fatídico 7 de outubro, nada mais se pode afirmar com segurança.

Dizem alguns que ele teria seguido para a Filadélfia e de lá para Nova York, onde planejava buscar uma velha tia para assistir à cerimônia do casamento. Outros afirmam que ele permaneceu a semana inteira em Baltimore e, embriagado, caiu nas mãos de uma quadrilha

de falsários, que lhe teriam oferecido algum licor com drogas para que colaborasse numa fraude eleitoral. São meras hipóteses. A única coisa certa é que a 3 de outubro o dr. James E. Snodgrass, velho amigo de Poe em Baltimore, recebeu uma carta assinada por um tal Walker, que dizia: "Há um cavalheiro, um tanto descomposto nas vestimentas, na rua Ward Polls, dizendo atender pelo nome

Edgar A. Poe, que parece estar muito atormentado e diz ter conhecimento com o senhor, e eu asseguro que ele precisa de assistência urgente".

Poe foi encontrado pelo amigo em estado de profundo desespero, largado numa taberna sórdida, de onde o transportaram imediatamente para um hospital. Estava inconsciente e moribundo. Ali permaneceu, delirando e chamando repetidamente por um misterioso "Reynolds", até morrer, na manhã do domingo seguinte. Era 7 de outubro de 1849, e os Estados Unidos perdiam um de seus maiores escritores.

O que terá acontecido a Poe naqueles últimos dias de vida? Por onde terá perambulado? Teria sido vítima da doença que mais temia e que lhe causava tanta aflição nos outros, a loucura? Um ataque súbito? Ou motivado pela ingestão de álcool e drogas? Sabe-se que, meses antes de sua morte, ele havia voltado a beber e andava a vagar pelos becos da Filadélfia. Foi salvo da prisão e tirado das ruas por amigos fiéis, que o ajudaram a voltar para Richmond. Essa errância, contudo, não foi característica apenas desse período, mas marcou toda a sua vida. Pode-se mesmo dizer que Edgar Allan Poe foi um errante desde seu nascimento em Boston, a 19 de janeiro de 1809. Mais ainda: essa vida instável ele herdou de seus pais. David e Elizabeth Poe se conheceram no meio teatral, onde disputavam uma chance como atores. Casaram-se em 1806 e passaram a representar juntos, mas a carreira incerta e de pouco êxito dificultava o sustento dos filhos pequenos, William e Edgar. A situação agravou-se quando David abandonou a mulher doente e grávida da filha Rosalie, que nasceria em 1810. Elizabeth não resistiu à vida miserável que levavam e, abatida por uma doença fatal, morreu no ano seguinte.

Edgar, então com dois anos, foi abrigado por um próspero negociante escocês que, embora casado, não tinha filhos. Nos primeiros anos de convivência com o sr. e a sra. John Allan — sobrenome que viria a adotar —, o menino teve um ambiente feliz e agradável. Viagens, boas escolas e carinho familiar marcaram essa convivência até aproximadamente seus quinze anos. Mas, por volta de 1824, começaram os primeiros conflitos, motivados pela constante irritabilidade do tutor. Os problemas financeiros de Allan e a saúde precária da mulher foram os pretextos para os ataques contra Edgar,

A inglesa Elizabeth Poe, mãe do escritor, era uma atriz fracassada que morreu na miséria quando Edgar tinha apenas dois anos

Frances Allan criou Edgar sem jamais tornar-se sua mãe adotiva

John Allan, marido de Frances, um homem com quem Edgar vivia se desentendendo

sempre ressaltando a situação de caridade do menino, que nunca fora oficialmente adotado. Clima tenso e difícil para um jovem poeta que sonhava com a carreira literária.

Entre o jornalismo e a literatura

*A*os dezessete anos, Edgar matriculou-se na Universidade de Virgínia, onde, em pouco tempo, ficou conhecido por suas qualidades intelectuais e seu desempenho nos esportes. Mas não só por isso: nessa época, ele também descobriu a bebida e os jogos de azar, o que rapidamente resultou numa reputação duvidosa e em dívidas bem maiores do que poderia assumir. As relações com Allan se tornaram então mais tensas, obrigando Poe a deixar a universidade e a ausentar-se de casa constantemente, numa vida instável que se complicaria ainda mais com a morte da mãe de criação, em 1829. Allan morreu seis anos depois, excluindo Edgar de seu testamento.

Nada disso, contudo, parecia impedi-lo de escrever: mal completou vinte anos, publicou seu segundo livro de poemas; três anos mais tarde, ganhou o concurso de contos promovido pelo The Saturday Visitor, um jornal de Baltimore.

"Manuscrito encontrado numa garrafa" foi seu primeiro êxito no mundo das letras, rendendo-lhe um cheque de cinquenta dólares e um emprego no Southern Literary Messenger, periódico literário de Richmond. Ali trabalhou escrevendo todo tipo de texto, de poemas a resenhas de livros, de contos a notícias do mundo literário.

Em 1837, quando decidiu abandonar o emprego, a circulação do jornal aumentara de setecentos para três mil e quinhentos exemplares, fazendo do Messenger o periódico mais influente do Sul. Esse desempenho notável iria repetir-se nos outros jornais onde trabalharia: tendo assumido a editoria do Graham's Magazine da Filadélfia em 1840, em pouco mais de um ano as assinaturas saltaram de cinco mil para quarenta mil! Apesar disso, Poe fracassou nas tentativas de montar e editar um jornal próprio. Um sonho que acalentou durante toda a vida, sendo, em parte, responsável por suas inúmeras mudanças de emprego e endereço.

É verdade que a saúde frágil de sua mulher também contribuiu para essa inconstância. Edgar casou-se com a prima Virginia Clemm em 1835. A menina, então com apenas treze anos, passou a acompanhá-lo pelas andanças à procura de melhores oportunidades, até que os primeiros sinais de tuberculose se manifestaram. Daí para a frente, a saúde de Virginia piorou na mesma proporção que as

O navio fantasma, tema fascinante que Poe explorou no conto "Manuscrito encontrado numa garrafa", uma de suas histórias mais famosas

dificuldades financeiras do casal, e a frequência das hemorragias veio a exigir constantes mudanças da cidade para o campo. Faltavam recursos de todo o tipo para que ela pudesse tratar-se. O rigor do inverno, aliado à miséria da família, levou a sra. Poe à morte em 1847, deixando o marido desconsolado.

Suspense, terror e aventura

Virginia Clemm se casou com Poe quando tinha vinte e seis anos e ela, treze

*C*ertos fatos da vida de Poe, assim como seu misterioso fim, parecem estabelecer um estranho nexo com sua obra. A morte, o medo e a dor sempre foram seus temas prediletos. Seus principais personagens são solitários, sensíveis, tristonhos e até beiram a loucura. Os cenários são os mais sombrios: cemitérios, subterrâneos, torres inacessíveis e navios fantasmas. Seus contos parecem concentrar uma força irracional e maligna à qual todo ser humano está condenado, como se o terror estivesse não só nos ambientes sinistros, mas dentro de cada um de nós.

Aficionado por esses temas, aos trinta anos já tinha publicado três livros de poemas, uma coletânea de vinte e cinco contos (entre eles obras-primas do terror como "A queda da Casa de Usher" e "Ligeia") e o romance de aventuras A narrativa de Arthur Gordon Pym. Foi nesse período que ele começou a se dedicar às histórias de raciocínio e dedução, escrevendo o famoso conto "Os crimes da rua Morgue" e outras narrativas policiais. Estava fundada a moderna "novela de detetive".

Algumas dessas histórias têm como personagem principal o personagem principal o francês Auguste Dupin, um nobre falido e excêntrico cuja única diversão na vida é passar noites e noites elucubrando sobre assassinatos misteriosos. Graças a complicadíssimos raciocínios, ele consegue desvendar "crimes perfeitos", considerados insolúveis pelo comissário de polícia.

7

Tudo o que era misterioso atraía Edgar Allan Poe. Solucionar mistérios era, para ele, uma obsessão. Quando trabalhava no Graham's Magazine, costumava desafiar os leitores a lhe enviarem criptogramas (mensagens cifradas), que, por mais difíceis que fossem, jamais ficavam sem resolução. Nessa época, ele publicou "O escaravelho de ouro", história de mistério que gira em torno de um desses enigmas. O conto rendeu-lhe um prêmio de cem dólares e uma circulação de trezentos mil exemplares.

A partir daí, consolidou--se a fama de Poe como

Ilustração para uma antiga edição francesa de "O escaravelho de ouro". Traduzidas pelo poeta Baudelaire, as histórias de Poe tornaram-se até mais populares na França que nos Estados Unidos

escritor de contos policiais e histórias arrepiantes. Alguns anos mais tarde, ele viria a ser reconhecido também como grande poeta: em 1845, a publicação do poema "O corvo" provocou furor no meio literário americano. Esse sucesso ecoou na Europa, encantando os franceses e merecendo especial atenção de Baudelaire. O poeta francês não poupou elogios ao americano: "Nenhum homem soube narrar com mais magia as exceções da vida humana e da própria natureza".

Contudo, a fama em nada facilitou a vida de Poe. Do ponto de vista financeiro, a literatura era péssimo negócio.

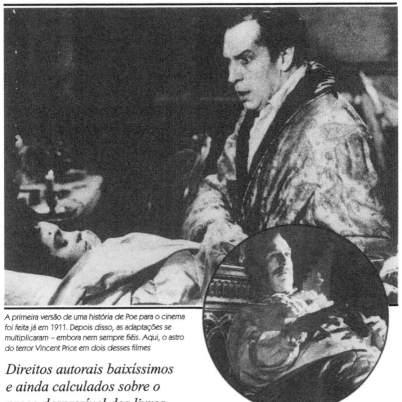

A primeira versão de uma história de Poe para o cinema foi feita já em 1911. Depois disso, as adaptações se multiplicaram – embora nem sempre fiéis. Aqui, o astro do terror Vincent Price em dois desses filmes

Direitos autorais baixíssimos e ainda calculados sobre o preço desprezível dos livros. O escritor viveu sempre em condições muito precárias; com a morte de Virginia, parece que tudo se tornou ainda mais difícil. Sofreu um colapso físico e mental, passando a recorrer mais à bebida e, com certa frequência, ao ópio. Meses após a publicação de seu décimo e último livro, Eureka, Poe chegou mesmo a tentar suicídio, ingerindo grande quantidade de láudano. Se o envenenamento não o matou, teve consequências tristes, como um ataque de paralisia facial.

Segue-se a esses episódios uma fase extremamente atormentada, complicada por fracassos amorosos e profissionais. Quando enfim parecia ter encontrado um pouco de paz, ao voltar para Richmond e reatar com Sarah Shelton, acontecimentos nebulosos vieram desviá-lo do caminho. O resto da história já sabemos. Aos quarenta anos, morre Edgar Allan Poe, deixando-nos dezenas de histórias fantásticas e um único mistério sem solução.

SUMÁRIO

- **EDGAR ALLAN POE**
  Criador de histórias extraordinárias

- O escaravelho de ouro / **15**
- O barril de Amontillado / **49**
- Conversa com uma múmia / **57**
- Manuscrito encontrado numa garrafa / **75**
- O gato negro / **87**
- A máscara da Morte Escarlate / **98**
- A queda da Casa de Usher / **105**

O ESCARAVELHO DE OURO
E OUTRAS HISTÓRIAS

A obra de Poe, ainda que marcada pelos temas mórbidos, toma diversas direções. É como se o autor tivesse decidido explorar uma só região, mas tão bem que teve o cuidado de visitá-la nas diferentes estações do ano. Assim, alguns contos nos deixam completamente arrepiados, outros provocam gostosas gargalhadas, e outros, ainda, nos convidam ao raciocínio e à imaginação científica.

O leitor deste volume encontrará em "A queda da Casa de Usher" o melhor exemplo de história de horror. A casa mal-assombrada, cenário fundamental do conto macabro, ganha com Edgar A. Poe uma feição quase humana. A mansão incrivelmente antiga parece tão viva quanto seus moradores, compartilhando com eles uma única alma e ligando-se à família Usher por meio de mistérios ancestrais. O leitor vai tremer de medo no desenrolar dessa narrativa, mas não deve esperar calafrios menores dos outros três contos de terror, "O barril de Amontillado", "O gato negro" e "A máscara da Morte Escarlate".

"O escaravelho de ouro" nos oferece as emoções do suspense policial. Legrand, o personagem principal, é um homem de raras qualidades, reunindo habilidades de cientista, matemático, erudito e intuitivo. Seu domínio da arte da dedução chega a surpreender mesmo aqueles que conhecem o sr. Dupin de "Os crimes da rua Morgue".

Definir os sentimentos que nos assaltam à leitura de "Manuscrito encontrado numa garrafa" não é nada fácil. A extravagância de certas cenas (como a do antiquíssimo navio levantado por uma onda gigantesca no meio do mar) e o grotesco de outras (como a sinistra tripulação de velhos cegos) nos deixam desconcertados. Talvez aqui o melhor seja falar de ficção fantástica, onde o natural em nada se distingue do sobrenatural. Por fim, o leitor poderá relaxar em "Conversa com uma múmia", na qual Poe revela sua faceta de humor e sarcasmo. Com fina ironia, ele descreve o encontro entre um egípcio ressuscitado depois de milhares de anos e um grupo de sérios cientistas cuja fé no progresso é inabalável. Ou quase! Nesse texto surpreendentemente atual, Poe expõe suas críticas à ciência e à política, num ferino julgamento da sociedade americana do século XIX.

É difícil imaginar que um homem tão perturbado tivesse a concentração necessária para escrever com tal variedade de estilo e imaginação. Mas Poe teve. E nunca deixou de escrever. Sua obra expressa a divisão que marcou sua vida: de um lado o sobrenatural, a loucura, o delírio; de outro, a razão, a lógica, a ciência. Não é de estranhar que ele tenha sido o primeiro escritor a introduzir o fator científico no conto de terror. Uma inteligência matemática aliada à sensibilidade poética — em outras palavras, um gênio.

E. R. M.

O ESCARAVELHO DE OURO*

What ho! what ho! This fellow is dancing mad!
He hath been bitten by the Tarantula.

All in the Wrong**

Há muitos anos, fiz amizade com certo William Legrand, filho de uma família antiga, protestante. Já tinha sido rico, mas uma série de desventuras o reduziu às pobreza. Para fugir às humilhações que acompanham tais desastres, deixou Nova Orleans, cidade de seus antepassados, e passou a morar na ilha de Sullivan, perto de Charleston, na Carolina do Sul.

Essa ilha bem original, composta quase só de areia, tem uns cinco quilômetros de comprimento e sua largura em nenhum ponto atinge os quinhentos metros. Fica separada da terra firme por uma angra quase imperceptível, que se infiltra por um mangue de juncos e de lama, esconderijo favorito de aves aquáticas. A vegetação, como se pode imaginar, é escassa ou, pelo menos, anã. Não se vê nenhuma árvore de grande porte. Perto da ponta oeste, onde ficam o Forte Moultrie e algumas cabanas miseráveis, ocupadas no verão por aqueles que fogem da poeira e das febres de Charleston, é que se pode encontrar algumas palmeiras-anãs; mas a ilha inteira, com exceção dessa ponta oeste e de uma faixa irregular de praia branca que costeia o mar, acha-se coberta por um mato cerrado de murta-de-cheiro, muito estimada pelos jardineiros da Inglaterra. Ali os arbustos chegam, muitas vezes, a medir cinco ou seis metros de altura, formando um matagal quase impenetrável, que perfuma o ar com aromas suaves.

Nas profundezas dessa mata, não muito longe da ponta leste, a mais remota da ilha, Legrand construiu uma pequena caba-

---

* Título original: "The gold bug". (N.E.)
** Oh! Oh! Este rapaz está dançando feito louco! Foi picado pela tarântula. **Tudo às avessas.** (N.E.)

na, onde morava quando por mero acaso o vi pela primeira vez. Logo nos tornamos amigos, pois havia naquele solitário muitas qualidades que despertavam o interesse e a estima. Sua educação era sólida e profunda, possuindo rara capacidade mental; mas uma misantropia incurável tornava-o sujeito a caprichosos ataques de entusiasmo e melancolia, alternadamente. Tinha muitos livros, embora lesse raramente. Seu maior divertimento era caçar e pescar ou vagar pela praia e pelo mato, à procura de conchas e de insetos. Sua coleção destes últimos faria inveja ao próprio Swammerdam*. Nessas excursões, acompanhava-o usualmente um preto velho, de nome Júpiter, alforriado antes da crise da família, mas que nem ameaças, nem promessas, conseguiram convencê-lo a abandonar aquilo que considerava como seu direito: seguir as pegadas do jovem "seu Will". É até provável que os parentes de Legrand, julgando-o um tanto instável da cabeça, tenham influenciado na teimosia de Júpiter, pensando na segurança e proteção do solitário.

Os invernos, na latitude da ilha Sullivan, quase nunca são muito frios, e no outono é raro precisar acender a lareira. Mas em meados de outubro de 18... fez um dia extremamente frio. Um pouco antes do anoitecer, abri caminho pelo mato até a cabana de meu amigo, pois fazia várias semanas que não o visitava. Nessa época eu morava em Charleston, a cerca de 15 quilômetros da ilha, e as facilidades de acesso eram muito menores que hoje em dia. Lá chegando, bati à porta, como sempre fazia, mas não obtendo resposta procurei a chave onde ele costumava escondê-la, destranquei a porta e entrei. Tive uma surpresa bem agradável: um belo fogo brilhava na lareira. Tirei o sobretudo, puxei uma poltrona para perto do fogo e esperei pacientemente os donos da casa.

Voltaram ao cair da noite, mostrando muito prazer em ver-me. Júpiter, rindo de orelha a orelha, correu a preparar umas galinhas-d'água para o jantar. Legrand passava por uma de suas **crises** (que outro termo eu poderia usar?) de entusiasmo. Tinha achado um molusco desconhecido, talvez de um gênero novo e, além disso, tinha perseguido e caçado, com a ajuda de Júpiter, um escaravelho extraordinário, sobre o qual queria ouvir minha opinião na manhã seguinte.

---

* Jan Swammerdam (1637-1680), naturalista holandês. (N.E.)

— E por que não hoje? — perguntei, esfregando as mãos diante do fogo e mandando mentalmente para o inferno toda a raça dos escaravelhos.

— Ah, se eu soubesse que você estava aqui! — disse Legrand. — Faz tanto tempo que não nos vemos! Como podia adivinhar que iria me visitar logo hoje? Quando estava retornando para cá, encontrei o tenente G..., do forte, e fiz a bobagem de emprestar-lhe o escaravelho. Por isso só poderá vê-lo amanhã cedo. Se passar a noite aqui, mandarei Júpiter buscá-lo assim que amanhecer. É a coisa mais linda do mundo.

— O quê? O amanhecer?

— Que nada! O besouro! Ele é cor de ouro, brilhante, mais ou menos do tamanho de uma noz, com duas manchas pretas numa extremidade das costas e uma terceira, mais comprida, na outra. Nas antenas lá estão...

— Num é latão não, seu Will, garanto pro sinhô — interrompeu Júpiter, imaginando outra coisa. — O bicho é um besoro todinho de ouro por dentro e por fora, só as asa que não. Nunca vi besoro mais pesado na minha vida.

— É, acho que sim, Jup — disse Legrand, num tom que me pareceu um pouco duro demais. — Mas isso não é razão para você deixar queimar as galinhas. A cor — continuou ele, agora para mim — chega quase a confirmar essa ideia do Júpiter. Nunca se viu um brilho metálico tão forte como o de suas asas anteriores. Amanhã você verá. Por enquanto, posso lhe dar uma ideia do formato.

Assim dizendo, assentou-se a uma mesinha em que havia penas e tinta, mas nenhuma folha de papel. Em vão procurou numa gaveta.

— Não tem importância, isto serve — e tirou do bolso do colete uma folha que me pareceu de papel muito sujo. Fez nela um esboço com a pena. Enquanto desenhava, continuei perto do fogo, pois ainda estava com frio. Ao terminar, ele passou-me o desenho sem se levantar. Assim que peguei a folha, ouviu-se um forte rosnado e alguma coisa arranhando a porta. Júpiter foi abrir, e um imenso cachorro terra-nova, que pertencia a Legrand, entrou correndo, pulou em cima de mim, fazendo muita festa, pois sempre brincava com ele nas visitas anteriores. Quando sossegou, olhei o papel e, para falar a verdade, fiquei muito intrigado com o desenho de meu amigo.

17

— Bom... — eu disse, depois de olhar a folha por algum tempo —, confesso que é um escaravelho bem estranho! É novo para mim. Nunca vi nada igual antes, a não ser um crânio ou uma caveira. É com isso que ele mais se parece, de tudo o que **eu** já vi.

— Uma caveira! — repetiu Legrand. — Ah!... sim... claro, o desenho lembra isso, é verdade. As duas manchas de cima parecem olhos, não é?, e a mais comprida, embaixo, uma boca. Alem da forma, que é oval.

— Talvez — disse eu. — Sabe, Legrand, receio que você não seja lá grande artista. O melhor é esperar para ver o besouro de verdade.

— Bom, não sei — disse ele, levemente irritado —, desenho razoavelmente bem. Pelo menos **deveria**. Tive bons professores e, sem modéstia, não sou nenhum burro.

— Mas então, meu amigo, você deve estar brincando. Isto é uma caveira bem razoável. Na verdade, diria até que é uma caveira **excelente**, perfeitamente de acordo com os preceitos da anatomia. E esse seu escaravelho deve ser muito esquisito se for semelhante a isto aqui. Puxa, podemos inventar uma superstição bem emocionante com essa coisa. Suponho que você vai batizar o besouro de *Scarabaeus caput homini** ou algo parecido. Há muitas denominações assim nos livros de história natural. Mas onde estão as antenas de que você falou?

— As antenas! — Legrand mostrava-se cada vez mais furioso com aquele assunto, inexplicavelmente. — É impossível que você não tenha visto as antenas. Desenhei-as exatamente como são no inseto de verdade. E acho que isso deve bastar.

— Bom, bom, talvez você tenha desenhado — declarei. — O certo é que não estou vendo nada.

E devolvi-lhe o papel, sem outros comentários, para evitar que ficasse mais agitado. Mas estava muito surpreso com o rumo que as coisas haviam tomado. Seu mau humor deixou-me intrigado. Quanto ao desenho do inseto, não via ali **nenhuma antena** visível, e, no geral, **parecia-se** muito com a forma comum de uma caveira.

Muito irritado, Legrand pegou a folha e já ia amassá-la, aparentemente para jogar no fogo, quando deu mais uma olhada

---

* Em latim, **escaravelho cabeça de homem**. (N.T.)

no desenho e, de repente, teve um sobressalto. Num instante seu rosto ficou violentamente vermelho e, no instante seguinte, extremamente pálido. Continuou examinando o desenho com grande atenção, durante alguns minutos, sentado em seu lugar. Depois levantou-se, pegou uma vela na mesa e foi sentar num baú, no canto mais distante da sala. Mais uma vez olhou ansiosamente o papel, virando-o em todos os sentidos, sem dizer palavra. Sua atitude causou-me espanto. Achei mais sensato não piorar seu mau humor com algum comentário. Enfim, ele tirou uma carteira do bolso do paletó e colocou o papel cuidadosamente dentro dela, guardando-a numa escrivaninha que fechou com chave. Então mostrou aparência mais tranquila, mas o entusiasmo de antes desaparecera. Não parecia mais irritado e, sim, distraído. Com o passar das horas, seu devaneio tornou-se cada vez mais profundo, do qual minhas perguntas não conseguiam arrancá-lo. Era minha intenção passar a noite na cabana, como já tinha feito muitas vezes, mas, vendo meu amigo daquele jeito, achei melhor ir embora. Ele não insistiu comigo para ficar. Quando me despedi, porém, apertou minha mão com mais amizade ainda do que de costume.

Mais ou menos um mês depois disso (durante o qual não tivera notícias de Legrand) recebi, em Charleston, a visita de Júpiter. A aparência triste e deprimida do bom preto velho fez-me recear que tivesse acontecido alguma desgraça mais séria com meu amigo.

— Então, Jup, qual é o problema? Como está seu patrão?

— Bom, pra falá verdade, doutô, num tá bom não.

— Não está bem? Mas que pena! Do que é que ele se queixa?

— Aí que tá! Ele num queixa de nada não. Mas tá munto doente justo pur isso.

— **Muito** doente, Júpiter? Por que não me disse logo? Ele está de cama?

— Num tá não. Ele num para em nenhum lugar, não-sinhô. E é aí que o calo aperta. Eu tô coa cabeça quente pur causa do coitado do seu Will.

— Júpiter, não entendo o que é que você está falando. Você disse que seu patrão está doente. Mas que tem ele? Do que sofre?

— Carma, seu doutô, é bobage se preocupá pur causa disso. Seu Will diz-que num tem nada de errado cum ele não. Mas então que que ele fica procurando assim, com a cabeça afundada e os ombro levantado, branco qui nem fantasma? E fazendo conta o tempo intero...

— Fazendo o quê, Júpiter?

— Fazendo conta com uns número na losa. Os número mais esquisito que eu já vi. Tô começando a ficar cum medo, juro pro sinhô. Tenho que ficar de olho no que ele faz. Outro dia ele escapô de mim antes do sol nascê e sumiu o bendito dia inteiro. Eu cortei uma vara bem grande pra dá uma boa surra nele na hora que ele vortasse, mas eu sô munto besta, no fim não tive corage, tava tão coitado, ele.

— É... Bom... Então... Afinal, acho que é melhor você não ser muito duro com o pobre. Não bata nele, Júpiter. Pode ser que ele não aguente. Mas você faz alguma ideia do que foi que provocou essa doença? Ou melhor, essa mudança no jeito dele? Aconteceu alguma coisa ruim depois que estive com vocês?

— Não, doutô, **dispois** num teve coisa ruim nenhuma não. Teve foi **antes**, eu acho. Naquele mesmo dia que o sinhô foi lá.

— O quê? Que é que você está querendo dizer?

— Pois então, doutô, tô falando do besoro. É. Isso mesmo.

— Do quê?

— Do besoro. Tenho certeza absoluta que aquele besoro de ouro mordeu ele na cabeça.

— E o que é que faz pensar uma coisa dessas, Júpiter?

— É que ele tem munta perna, doutô, e boca também. Nunca vi besoro mais capeta. Ele esperneia e morde tudo que chega perto. Seu Will pegô ele primeiro, mas teve de largá na mesma hora, tá ouvindo. Foi aí que o bicho deve ter mordido ele. Eu num gostei do jeito do besoro, num gostei nada não. Pur causa disso num quis pegá ele coa mão e peguei coaquele pedaço de paper que eu achei. Enrolei ele no paper e enfiei um pedaço de paper na boca dele, assim que eu fiz.

— Então você acha mesmo que seu patrão foi picado pelo besouro e isso fez mal para ele?

— Eu num acho nada não. Eu sei! Que que pode tá fazendo ele sonhá tanto com ouro, senão a mordida do besoro de ouro? Eu já tinha ouvido falar desse besoro de ouro.

— Mas como é que você sabe que ele sonha com ouro.

— Cumo é que eu sei? Ué, porque ele fala dormindo, pur causa disso que eu sei.

— Bom, Jup, talvez você tenha razão. Mas a que devo a honra de sua visita hoje?

— Que que foi, doutô?

— Você trouxe alguma mensagem de Legrand?

— Não, sinhô, troxe foi este paper aqui.

E Júpiter me deu um bilhete que dizia assim:

Meu caro,

Por que você não aparece há tanto tempo? Espero que não tenha feito a bobagem de se ofender com alguma grosseria minha. Mas não, isso é pouco provável.

Desde que nos encontramos estou numa grande ansiedade. Tenho uma coisa para lhe dizer, mas não sei como nem se devo lhe contar.

Não passei bem estes últimos dias, e o pobre Jup me amola além das medidas com sua bem-intencionada preocupação. Imagine que outro dia ele preparou uma vara enorme para me castigar porque eu fugi e passei o dia sozinho nos morros da terra firme. Acredito que só escapei de levar uma surra porque estava abatido.

Minha coleção não aumentou nada desde que nos encontramos.

Se for possível, de alguma forma, venha com Júpiter para cá. Não deixe de vir. Preciso ver você hoje à noite sobre um assunto importante. Garanto a você que é da maior importância.

Seu amigo,

William Legrand

Alguma coisa no tom do bilhete me deixou muito inquieto. Legrand não escrevia assim habitualmente. Com que estaria ele sonhando agora! Que nova mania teria tomado conta de sua mente tão impressionável? De que "assunto da maior importância" poderia ele estar querendo tratar? O relatório de Júpiter não parecia anunciar nada de bom. Receei que a pressão permanente da má sorte tivesse, finalmente, desequilibrado a mente de meu amigo. Portanto, sem hesitar um instante, preparei-me para acompanhar o negro.

Assim que chegamos ao cais, notei uma foice e três pás, todas aparentemente novas, no fundo do barco que devia transportar-nos.

— O que significa isso aí, Jup? — perguntei.

— Uma foice, doutô, e as pá.

— Claro. Mas o que é que estão fazendo aqui?

— É a foice e as pá que seu Will mandô eu compra pra ele na cidade. Foi um dinheirão disgraçado que eu tive de gastá.

— Mas em nome de tudo que é mais sagrado, para que é que "seu Will" vai querer uma foice e três pás?

— Isso daí **eu** num sei não, e quero ir pros quinto dos inferno se **ele** sabe. Isso e tudo coisa do besoro.

Vendo que não ia conseguir nada de Júpiter, que parecia estar com o pensamento totalmente absorvido pelo tal "besouro", entrei no barco e levantamos vela. Com vento forte e bom, logo atingimos a pequena baía ao norte do Forte Moultrie, e uma caminhada de uns três quilômetros nos levou até a cabana. Eram quase três horas da tarde quando chegamos. Legrand estava esperando por nós, muito ansioso. A efusão nervosa com que apertou minha mão reforçou minhas suspeitas. Estava com o rosto muito pálido, lívido até, e os olhos profundos queimavam com estranho brilho. Depois de indagar sobre sua saúde, não sabendo mais o que dizer, perguntei se o tenente G... já lhe devolvera o escaravelho.

— Ah, claro! — respondeu ele, muito vermelho. — Peguei com ele na manhã seguinte. Nada no mundo me faria perder aquele escaravelho. Sabe que o Júpiter tinha toda razão?

— Em quê? — perguntei, com um triste pressentimento no coração.

— Em pensar que o besouro era **todo de ouro**.

Disse isso com profunda seriedade, o que me perturbou extremamente.

— Esse besouro vai fazer minha fortuna — continuou, com um sorriso de triunfo. — Vai restituir-me tudo o que era de minha família. Então não é de admirar que eu lhe dê tanto valor. Se a Fortuna resolveu me conceder esse prêmio, devo fazer bom uso dele. E vou descobrir o ouro do qual ele é a pista. Júpiter, traga o escaravelho!

— O quê? O besoro, seu Will? Eu num mexo com aquele besoro não. O sinhô vai tê que pegá ele sozinho.

Legrand então se levantou, com ar grave e solene, e me trouxe o besouro, que estava guardado numa caixa de vidro. Era um belo escaravelho, de espécie, naquela época, desconhecida pelos naturalistas; e, evidentemente, valioso do ponto de vista científico. Havia duas manchas pretas e redondas numa das extremidades das costas e uma comprida na outra. A carapaça era extremamente dura e brilhante, com toda a aparência de ouro polido. O peso do inseto era mesmo incrível e, levando todas essas coisas em consideração, não podia censurar Júpiter por sua opinião a respeito. Mas o que de todo coração eu não conseguia entender era o fato de Legrand concordar com isso.

— Mandei chamá-lo — disse ele, em tom grandiloquente — quando acabei de examinar o inseto. Mandei chamá-lo para me aconselhar e me ajudar a realizar o que mandam o Destino e o escaravelho...

— Meu querido Legrand — interrompi —, você, com toda a certeza, não está bem e seria melhor que se cuidasse um pouco. Deve ir para a cama. Ficarei com você uns dias, até que supere isso tudo. Você está com febre e...

— Veja o meu pulso — disse ele.

Tomei-lhe a pulsação e, para dizer a verdade, não encontrei o menor sinal de febre.

— Mas você pode estar doente e mesmo assim não ter febre. Deixe-me cuidar de você desta vez. Em primeiro lugar, vá para a cama. Depois...

— Você está errado — protestou. — Estou melhor do que seria de se esperar com toda essa excitação que sinto. Se você quer ajudar-me de verdade, pode ajudar a aliviar minha ansiedade.

— Fazendo o quê?

— É fácil. Eu e Júpiter vamos fazer uma expedição pelos morros, na terra firme, e precisamos da ajuda de alguém de toda confiança. Você é a única pessoa que merece nossa confiança. Podemos ser bem-sucedidos ou não, mas pelo menos ficarei aliviado da excitação que vê em mim.

— Faço questão de ajudá-lo em tudo — respondi. — Mas... está porventura dizendo que esse besouro infernal tem alguma coisa a ver com a expedição pelos morros?

— Tem.

— Então, Legrand, não posso participar de coisa tão absurda.

— Sinto muito... Muito mesmo, pois teremos de tentar sozinhos.

— Sozinhos! Você deve estar louco, homem! Espere! Quanto tempo está pensando passar fora?

— Provavelmente a noite inteira. Saímos imediatamente e voltaremos, custe o que custar, ao amanhecer.

— E você me promete, com sua palavra de honra, que assim que sua loucura terminar e essa história do besouro (meu Deus!) estiver resolvida, você volta para casa e me obedece cegamente, como se fosse seu médico?

— Prometo. E agora vamos, que não temos tempo a perder.

De coração pesado acompanhei meu amigo. Partimos por volta das quatro horas da tarde: Legrand, Júpiter, o cachorro e eu. Júpiter levava a foice e as pás, insistindo em carregá-las sozinho, não tanto por um excesso de empenho ou gentileza, mas, sim, foi o que me pareceu, por medo de deixar qualquer desses instrumentos ao alcance do patrão. Ia de cara fechada, e "esse besouro do diabo" eram as únicas palavras que saíam de sua boca durante toda a caminhada. De minha parte, estava encarregado de um par de lanternas, enquanto Legrand se contentava em levar o escaravelho preso a um fio, que ele balançava para a frente e para trás, com a pose de um mágico. Quando vi isso, prova concreta do desvio mental de meu amigo, quase não consegui segurar as lágrimas. Mas achei melhor alimentar sua fantasia, pelo menos por enquanto, até que eu pudesse tomar medida mais enérgica com alguma chance de sucesso. Enquanto isso ia tentando, em vão, sondá-lo sobre o objetivo da expedição. Como ele já me convencera a acompanhá-lo, não se mostrava disposto a conversar sobre assuntos de menor importância, e para todas as minhas perguntas respondia apenas: — Veremos!

Cruzamos a angra na extremidade da ilha num pequeno barco e, subindo a costa alta da terra firme, continuamos em direção noroeste, atravessando um campo extremamente agreste e desolado, onde não se via nem sinal de passos humanos. Legrand liderava com decisão, parando apenas por um instante aqui e ali, para consultar o que pareciam ser pistas deixadas por ele mesmo em ocasião anterior.

Caminhamos assim por umas duas horas. O sol estava se pondo quando chegamos a uma região infinitamente mais desolada que todas as anteriores. Era uma espécie de planalto, perto do topo de um monte quase inacessível, coberto por densa vegetação desde a base até o cimo e pontilhado de imensas rochas soltas que, em muitos casos, só não rolavam para os vales lá embaixo por causa das árvores nas quais se apoiavam. Profundos precipícios, em várias direções, davam ao cenário um ar de solenidade ainda mais lúgubre.

A plataforma natural até onde tínhamos subido estava coberta de matagal cerrado, que só com ajuda da foice conseguiríamos atravessar. Júpiter, orientado pelo patrão, foi abrindo caminho para nós até um tulipeiro gigantesco, que crescia ao lado de uns oito ou dez carvalhos, mas era mais alto que todos eles e superava todas as outras árvores que eu já vira na vida pela beleza da folhagem e da forma, pela amplidão dos galhos e majestade da aparência geral. Quando chegamos a essa árvore, Legrand perguntou a Júpiter se se achava capaz de subir nela. Atrapalhado com a pergunta, o velho não respondeu nada por alguns instantes. Devagarinho aproximou-se do imenso tronco, andou em volta dele, examinando com minuciosa atenção. Quando terminou a inspeção, disse simplesmente:

— Posso, seu Will. Jup trepa em quarqué arvre que já viu na vida.

— Então trate de ir subindo logo, pois daqui a pouco vai ficar escuro demais para podermos ver o que queremos.

— Até que artura vô tê que subi? — perguntou Júpiter.

— Suba pelo tronco principal primeiro que depois eu lhe digo para que lado deve ir. Espere! Leve o besouro com você.

— O besoro, seu Will! O besoro de ouro! — gritou o negro, recuando desanimado. — Pra que vô tê que levá o besoro pra cima da arvre? Num sei se eu quero pega nele não!

— Com medo, Jup? Como e que um negrão forte como você tem medo de levar um besourinho morto e inofensivo? Pode segurar pelo fio, se quiser... Mas, se você não achar um jeito de levar o bicho, vou ter de quebrar sua cabeça com esta pá.

— Que é isso agora, seu Will? — disse Jup, envergonhado, e já se mostrando disposto. — Sempre xingando preto veio. Tava só brincando. **Eu**, medo do besoro? Tô poco ligando pro besoro!

Então pegou com todo o cuidado a pontinha do fio e, segurando o inseto o mais longe possuem do corpo, preparou-se para trepar na árvore.

Quando novo, o tulipeiro, ou *Liriodendron tulipiferum*, a mais magnífica das árvores florestais norte-americanas, tem o tronco particularmente liso e, muitas vezes, chega até grande altura sem nenhum galho lateral. Na maturidade, porém, sua casca torna-se irregular, cheia de nós, e muitos galhos curtos brotam do tronco. Portanto, nesse caso, a dificuldade para subir era mais aparente que real. Abraçando o imenso cilindro, o mais apertado possível, com os braços e os joelhos, agarrando com as mãos algumas saliências e apoiando em outras os dedos dos pés descalços, Júpiter, depois de quase cair uma ou duas vezes, acabou conseguindo subir até a primeira grande forquilha e pareceu considerar toda a tarefa praticamente realizada. O **perigo** da aventura fora de fato superado, apesar de o negro achar-se a uns vinte metros do chão.

— Pra que lado vô tê que segui agora, seu Will? — perguntou ele.

— Fique no galho maior, esse do lado de cá — disse Legrand.

O negro obedeceu logo, aparentemente sem nenhum problema; foi subindo, subindo, até que não se podia mais ver seu corpo atarracado no meio da densa folhagem. De repente, ouviu-se a voz dele, meio gritando.

—Tem que subi mais?

— Em que altura você está? — perguntou Legrand.

— Bem no arto — respondeu o negro. — Dá pra vê o céu no meio das foia lá de cima da arvre.

— Esqueça o céu e preste atenção no que vou dizer. Olhe para baixo e conte no tronco quantos galhos tem até o lado que você está. Por quantos galhos você passou?

— Um, dois, três, quatro, cinco. Passei cinco gaio deste lado aqui.

— Então suba mais um galho.

Em poucos minutos se ouviu de novo a voz dele, anunciando que tinha chegado ao sétimo galho.

— Agora, Jup — gritou Legrand, evidentemente muito excitado —, quero que você vá por esse galho o mais longe que puder. Se encontrar alguma coisa estranha, me diga.

Nessa altura, qualquer dúvida que eu ainda pudesse ter sobre a insanidade de meu pobre amigo já se dissipara. Só me restava concluir que ele estava atacado de loucura e fiquei ansioso por levá-lo de volta para casa. Enquanto pensava na melhor maneira de convencê-lo, ouviu-se de novo a voz de Júpiter.

— Tô cum medo de arriscá mais neste gaio aqui. O gaio tá morto até lá na pontinha.

— Você disse que é um galho **morto**, Júpiter? — gritou Legrand com voz trêmula.

— É, sim sinhô, mortinho, mortinho. Partiu desta pra mió.

— O que é que eu faço agora, meu Deus? — perguntou Legrand, aparentemente desesperado.

— O que você faz? — exclamei, contente com a oportunidade de dizer uma palavra. — Ora, voltar para casa e ir para a cama. Vamos lá, meu amigo. Está ficando tarde. E, além disso, você prometeu, lembra?

— Júpiter — gritou ele, sem me dar atenção —, está me ouvindo?

— Tô, seu Will, tô ouvindo munto bem.

— Então pegue sua faca e veja se a madeira está **muito** podre.

— Tá podre, sim, seu Will, isso eu garanto — respondeu o negro depois de algum tempo. — Mas num tá tão podre assim não. Dá pra arriscá mais um poco sozinho, isso dá.

— Como? Sozinho como?

— Ué, o besoro. É danado de pesado esse besoro. Se eu sortá ele daqui de cima primeiro, aí o gaio não quebra só coo peso do nego.

— Seu desgraçado! — gritou Legrand, aparentemente muito aliviado. — Por que é que está me dizendo essa bobagem? Se você deixar cair esse besouro eu quebro seu pescoço. Escute aqui, Júpiter, está me ouvindo?

— Tô, sim, seu Will. Num percisa gritá coo nego desse jeito.

— Bom. Então escute! Se você for mais para a frente aí nesse galho, até onde achar que é seguro, sem derrubar o besouro, te dou um dólar de prata de presente, assim que você descer.

— Já tô indo, seu Will, já tô indo — respondeu o negro depressa. — Tô quasi na ponta agora.

— **Quase na ponta!** — Legrand soltou um grito. — Quer dizer que você está na ponta do galho?

— Quasi na ponta, seu Will... Ooooh! Meu Deus do céu! Que que é isso aqui em cima da arvre?

— E então? — gritou Legrand, louco de alegria. — O que é?

— Pois num é que tem uma cavera! Arguém deixou a cabeça em cima da arvre e os corvo comeram toda a carne dela.

— Uma caveira, você disse? Ótimo! Como é que ela está presa no galho? Com o quê?

— Num sei, seu Will, já vô vê. Oia só que coisa mais esquisita, que que é isso... Tem um baita prego na cavera, isso que tá pregando ela na arvre.

— Bom, Júpiter, agora você vai fazer exatamente o que eu disser. Está ouvindo?

— Tô, sim sinhô.

— Então preste atenção. Veja o olho esquerdo da caveira.

— Hum! Sei! Tá bom. Mas num sobrô oio nenhum não.

— Não seja burro! Você sabe qual é a mão direita e qual é a mão esquerda?

— Sei, isso eu sei sim. Isso daí eu sei bem. Coa mão esquerda é que eu corto lenha.

— Isso mesmo! Você é canhoto. E seu olho esquerdo fica do mesmo lado que sua mão esquerda. Bom, acho que você é capaz de achar o olho esquerdo, ou o lugar onde ficava o olho esquerdo da caveira. Achou?

Houve uma longa pausa. Finalmente o negro disse:

— O oio esquerdo da cavera fica do mesmo lado que a mão esquerda da cavera também? Purque esta cavera aqui num tem nem um restinho de mão não. Mas pode deixá! Já achei o oio esquerdo. Tá aqui o oio esquerdo. Que é que é pra fazê cum ele?

— Vá baixando o besouro pelo buraco, até o fim do cordão. Mas cuidado para não deixar cair.

— Tá feito, seu Will. Coisa mais fácil do mundo botá o besoro no buraco. Cuidado cum ele aí embaixo!

Durante essa conversa, não dava para ver nenhuma parte do corpo de Júpiter, mas o besouro, que ele tinha baixado, estava bem visível agora na ponta do cordão, brilhando como uma bola de ouro polido aos últimos raios do sol pálido que ainda iluminavam o pico em que estávamos. O escaravelho estava dependurado abaixo dos galhos e, se fosse derrubado, cairia bem aos nossos pés.

Legrand pegou imediatamente a foice e limpou um espaço circular de uns três ou quatro metros de diâmetro, bem embaixo do inseto, e, feito isso, mandou Júpiter soltar o cordão e descer da árvore. Com grande cuidado, meu amigo fincou uma estaca no chão, no ponto exato onde o besouro tinha caído, e depois tirou do bolso uma fita métrica. Prendeu uma ponta ao tronco da árvore, no ponto mais próximo da estaca, foi desenrolando até a estaca e continuou a desenrolar na direção já determinada pelos dois pontos: o do tronco da árvore e a estaca, até a distância de quinze metros, enquanto Júpiter ia cortando as moitas com a foice. No ponto assim determinado, cravou uma segunda estaca, que usou como centro para traçar um círculo de cerca de um metro e vinte de diâmetro. Pegando então uma das pás e dando outra a Júpiter e a última para mim, Legrand mandou-nos cavar o mais depressa possível.

Para falar francamente, nunca senti prazer especial nesse tipo de diversão e, naquele momento, recusaria de bom grado, pois a noite já descia e eu estava muito cansado com o exercício que fizera. Mas não me atrevia a resistir, temendo perturbar a serenidade de meu pobre amigo com uma recusa. Se pudesse contar, de fato, com a ajuda de Júpiter, não teria hesitado em obrigar o lunático a voltar para casa. Mas conhecia o preto velho bem demais para imaginar que, em qualquer situação, ele fosse ajudar-me, numa questão pessoal com o patrão. Eu não tinha nenhuma dúvida de que este último fora contaminado por alguma daquelas inúmeras superstições sulinas sobre dinheiro enterrado, fantasia confirmada pelo achado do escaravelho ou, talvez, pela teimosia de Júpiter em acreditar que era um "besouro de ouro de verdade". Um espírito predisposto à loucura podia bem ser influenciado por sugestões desse tipo, especialmente se estivessem de acordo com ideias preconcebidas e favoráveis. Lembrei-me então da conversa com meu pobre amigo, quando declarou que o besouro era "um anúncio de sua fortuna". Enfim, eu estava aflito e confuso, mas achei que o melhor que tinha a fazer seria cavar com boa vontade para, assim, convencer mais depressa o visionário, com provas concretas, da futilidade de suas opiniões.

Acesas as lanternas, trabalhamos todos com empenho digno de uma causa mais racional. E quando o brilho da luz nos iluminou e aos utensílios, não pude deixar de pensar que formávamos um grupo bem pitoresco: qualquer intruso que por acaso aparecesse por ali teria dado a nosso espetáculo uma interpretação estranha e suspeita.

Cavamos corajosamente durante duas horas, sem quase falar, interrompidos apenas pelos latidos do cachorro, que se interessava demais por nossa atividade. Tornou-se afinal tão barulhento que chegamos a recear que ele pudesse alarmar alguém perdido pelas redondezas. Ou melhor, essa preocupação era só de Legrand. Por mim, ficaria muito feliz com qualquer interrupção que me desse um pretexto para retirar o visionário dali. O barulho por fim foi silenciado com eficiência por Júpiter, que, saltando do buraco com ar decidido, amarrou o focinho do bicho com um de seus suspensórios e depois voltou ao trabalho rindo baixinho.

No fim das duas horas tínhamos chegado a dois metros de profundidade, sem qualquer sinal de tesouro. Fizemos uma pausa, então. Comecei a alimentar a esperança de que a farsa estivesse por terminar. Mas Legrand, apesar de mostrar-se muito desconcertado, enxugou a testa, pensativo, e recomeçou. O buraco ocupava já o círculo inteiro, com seu metro e vinte de diâmetro. Então ampliamos um pouco seu limite, além de aprofundar mais meio metro. Ainda assim nada apareceu. O garimpeiro, que sinceramente me inspirava pena, saiu enfim do fosso com a mais amarga decepção estampada no rosto e pôs-se, devagar e relutante, a vestir o paletó, que tirara antes de iniciar o trabalho. Durante todo esse tempo, eu não disse nada. A um sinal do patrão, Júpiter recolheu as ferramentas. Isso feito, o cachorro foi desamordaçado e, em profundo silêncio, começamos a voltar para casa.

Tínhamos dado uns doze passos, talvez, nessa direção quando Legrand berrou um palavrão e pulou em cima de Júpiter, agarrando pelo pescoço o negro. Este, apavorado, escancarou os olhos e a boca, soltou as pás e caiu de joelhos.

— Seu desgraçado! — sibilou Legrand entredentes. — Negro dos infernos! Fale, estou mandando! Me responda já e não minta! Qual... qual é seu olho esquerdo?

— Misericórdia, seu Will! Pois então num é este aqui meu oio esquerdo? — gaguejou Júpiter, apavorado, colocando a mão sobre o olho **direito** e ficando com a mão no lugar, desesperado, como se tivesse medo de que o patrão fosse arrancá-lo.

— Eu sabia! Eu sabia! Viva! — rugiu Legrand, soltando o negro e dando uma série de saltos e cambalhotas, para surpresa do criado, que, levantando-se, olhava em silêncio do patrão para mim e de mim para o patrão.

— Vamos! Temos de voltar lá — disse Legrand. — O jogo ainda não acabou.

E seguiu de novo para o tulipeiro.

— Júpiter, venha cá! A caveira está pregada no galho com o rosto para fora ou com o rosto virado para o galho?

— A cara tá virada pra fora, seu Will, pros corvo podê comê os oio sem pobrema.

— Bom, então foi por este olho ou por este que você deixou cair o escaravelho? — e Legrand tocou um e depois o outro olho de Júpiter.

— Foi este daqui, seu Will. O oio esquerdo, do jeitinho que o sinhô mandô — e de novo o negro mostrou o olho direito.

— Isso basta. Vamos tentar de novo.

Aí meu amigo, em cuja loucura eu agora via, ou pensava ver, certos sinais de método, arrancou a estaca que marcava o lugar onde o besouro tinha caído e mudou para um ponto uns oito centímetros a oeste da primeira posição. Depois, esticando a fita métrica do ponto do tronco mais próximo da estaca até ela, como antes, e continuando em linha reta por uns quinze metros, marcou um ponto vários metros adiante do lugar onde tínhamos cavado.

Em volta dessa nova posição foi desenhado um círculo um pouco maior do que o primeiro, e recomeçamos a trabalhar com a pá. Embora eu estivesse horrivelmente cansado, e sem entender direito o que me fez mudar de ideia, não sentia mais nenhuma grande aversão por aquele trabalho forçado. Inacreditavelmente, eu tinha ficado interessado. Não, estava até excitado. Talvez houvesse alguma coisa, em todo o comportamento extravagante de Legrand, em seu ar deliberado e algo profético, que me impressionou. Cavei com entusiasmo e de vez em quando me surpreendia a procurar, com sentimento um tanto parecido com esperança, o tesouro imaginário, cuja visão enlouquecera meu infeliz companheiro. Num dos momentos em que esses pensamentos mais me dominavam, depois de hora e meia de trabalho, fomos mais uma vez interrompidos pelos latidos do cachorro. Mas agora sua inquietação não era, como da primeira vez, resultado de um capricho ou vontade de brincar: seu tom tornara-se violento e angustiado. Quando Júpiter tentou novamente amarrar seu focinho, o cão resistiu furiosamente e, saltando para dentro do buraco, começou a cavar freneticamente. Em poucos segundos desenterrou uma massa de ossos humanos que formavam dois esqueletos completos, misturados com botões de metal e algo semelhante a lã apodrecida. Dois ou três golpes da pá desenterraram uma grande faca espanhola e, cavando mais, apareceram três ou quatro moedas de ouro e prata.

Ao ver isso, Júpiter mal conseguiu controlar a alegria, mas o rosto de seu patrão exprimia extremo desapontamento. Insistiu, porém, que continuássemos. Mal tinha acabado de falar quando tropecei e caí para a frente, com a ponta da bota enganchada numa grande argola de ferro, meio escondida pela terra solta.

Voltamos a trabalhar com verdadeiro ardor (nunca passei dez minutos em maior excitação). Nesse tempo, praticamente desenterramos uma arca de madeira, que, a julgar pelo perfeito estado de conservação e incrível dureza, evidentemente havia sofrido algum processo de petrificação, talvez devido ao bicloreto de mercúrio. Com um metro e trinta de comprimento, noventa centímetros de largura e setenta centímetros de altura, estava toda reforçada com aros de ferro batido, fixados por cravos e formando uma espécie de grade. De cada lado, perto da tampa, havia três argolas de ferro, seis ao todo, com as quais podia ser carregada por seis pessoas. Toda a nossa força em conjunto serviu apenas para deslocar ligeiramente a arca. Percebemos imediatamente a impossibilidade de remover peso tão grande. Felizmente, as únicas travas da tampa consistiam em dois ferrolhos corrediços, que abrimos tremendo, ofegantes de ansiedade. Num instante, um tesouro de incalculável valor apareceu diante de nós. A luz das lanternas iluminava o poço e fazia cintilar uma pilha confusa de ouro e joias, que nos deixou deslumbrados.

Não posso descrever os sentimentos com que eu olhava tudo aquilo. A surpresa era, evidentemente, o principal. Legrand parecia exausto de tanta excitação e falava muito pouco. O rosto de Júpiter, por alguns minutos, empalideceu tanto quanto era possível para um negro. Estupidificado, fulminado pelo espanto, caiu de joelhos no buraco e, enfiando os braços nus até os cotovelos no ouro, assim ficou, como se estivesse gozando o prazer de um banho. Por fim, suspirou fundo e exclamou para si mesmo:

— E tudo isso veio do besoro de ouro! Beleza de besoro de ouro! O tadinho do besoro que eu xinguei tanto! Não tem vergonha não, nego? Arresponde!

Finalmente, foi preciso que eu lembrasse a patrão e criado que devíamos tirar o tesouro dali. Estava ficando tarde. Seria necessário algum esforço para levar tudo aquilo para casa antes do amanhecer. Perdemos muito tempo decidindo o que fazer, de tão confusos que estávamos. Afinal, aliviamos a arca de dois terços do seu conteúdo e então, com alguma dificuldade, conseguimos retirá-la. Escondemos os objetos nas moitas e deixamos o cachorro de guarda, com ordens severas de Júpiter para não sair do lugar, nem abrir a boca em hipótese nenhuma, até a gente voltar. Corremos, então, para casa com a arca, alcançando a cabana em segurança, mas com imenso esforço, por volta da uma da manhã. Exaustos como estávamos, era humanamente impossível fazer mais alguma coisa naquele momento. Descansamos até as duas horas e jantamos. Logo depois partimos de volta para o monte, levando três sacos grandes que, por sorte, encontramos na cabana. Pouco depois das quatro, chegamos ao poço, dividimos entre nós o restante do tesouro em partes iguais e, deixando os buracos abertos, voltamos de novo para a cabana, onde, pela segunda vez, guardamos nossas cargas de ouro, justamente no momento em que a primeira claridade da manhã surgia acima das árvores.

Apesar de estarmos agora absolutamente exaustos, a imensa excitação impedia qualquer repouso. Depois de um sono inquieto de umas três ou quatro horas, levantamos ao mesmo tempo, como se tivéssemos combinado, para examinar nosso tesouro.

Passamos o dia inteiro e boa parte da noite seguinte inventariando o conteúdo da arca, cheia até a boca. As coisas tinham sido ali jogadas sem nenhuma ordem nem arrumação. Depois de organizar tudo cuidadosamente, vimos que nossa riqueza era muito maior do que imaginávamos. Em moedas havia mais de 450 mil dólares, calculando o valor aproximado das moedas o melhor possível, pelas tabelas da época. Não encontramos nenhuma peça de prata. Era tudo ouro antigo e de grande variedade: moedas francesas, espanholas e alemãs, com uns poucos guinéus ingleses e várias moedinhas que nunca tínhamos visto antes. Algumas eram muito grandes e pesadas, tão gastas que era impossível decifrar suas inscrições. Não vimos nenhum dinheiro norte-americano. O valor das joias era mais difícil de avaliar. Havia diamantes, alguns imensos e excelentes, 110 no total, nenhum de tamanho pequeno; 18 rubis de brilho extraordinário; 310 esmeraldas, todas muito bonitas; e 21 safiras, além de uma opala. Todas essas pedras tinham sido retiradas dos engastes e jogadas, soltas, na arca. Os próprios engastes, que encontramos no meio das peças de ouro, pareciam ter sido batidos com martelo, para impedir sua identificação. Além de tudo isso, via-se uma vasta quantidade de enfeites de ouro maciço: uns duzentos anéis e brincos maciços; ricas correntes, trinta, se não me engano; 83 crucifixos muito grandes e pesados; cinco turíbulos de ouro de grande valor; um prodigioso vaso de ouro, ornamentado com folhas de parreira e figuras de bacantes; dois punhos de espada ricamente entalhados, e muitos outros objetos menores que não consigo lembrar. O peso dessas joias chegava a quase 160 quilos. No inventário deixei de incluir 197 fantásticos relógios de ouro, três deles valendo uns quinhentos dólares cada um, pelo menos. Muitos eram bem antigos, e seus maquinismos estavam mais ou menos estragados pela corrosão, mas todos tinham pedrarias e estojos de grande valor. Naquela noite, calculamos que o conteúdo inteiro da arca devia valer um milhão e meio de dólares, mas depois de separar as joias e objetos (guardando alguns para nosso uso pessoal), reconhecemos ter subestimado demais o valor do tesouro.

Tendo terminado enfim o inventário, e acalmados daquela intensa excitação, Legrand, ao ver que eu morria de impaciência para conhecer a solução dessa charada extraordinária, começou a contar em detalhes tudo o que tinha acontecido.

— Lembra-se daquela noite em que lhe mostrei o esboço do escaravelho? Lembra-se também de como fiquei bravo com você por insistir que meu desenho parecia uma caveira? Quando me falou isso, pensei que estava brincando. Mas depois, recordando as manchas nas costas do inseto, reconheci que suas palavras tinham certa base. Mesmo assim, seu desprezo pelo meu talento gráfico me irritou, pois sou considerado bom artista, e, por isso, quando me devolveu o pedaço de pergaminho, eu já ia amassá-lo e jogá-lo no fogo, de tanta raiva.

— O pedaço de papel, você quer dizer.

— Não. Parecia papel e, na hora, pensei que fosse mesmo. Mas, quando comecei a desenhar, percebi que era um pedaço de pergaminho muito fino. Estava bem sujo, lembra? Bom, eu estava a ponto de amassar o desenho, quando dei mais uma olhada. Você não pode imaginar minha surpresa ao perceber que, de fato, havia uma figura de caveira exatamente no lugar onde eu achava que tinha desenhado o besouro. Por um momento fiquei confuso demais para pensar direito. Sabia que, nos detalhes, meu desenho era muito diferente daquele, apesar de certa semelhança geral. Aí peguei a vela e fui sentar no outro lado da sala para examinar detalhadamente o pergaminho. Quando o virei, vi meu desenho nas costas dele, exatamente como o fizera. De inicio, só a incrível semelhança de forma me surpreendeu, e também a coincidência de eu ignorar que havia uma caveira no verso, bem embaixo da minha figura do escaravelho, e que essa caveira fosse, não só em linhas gerais, mas também no tamanho, tão parecida com meu desenho. Essa estranha coincidência me deixou pasmado por algum tempo. É um efeito normal em tais casos. A mente luta por estabelecer uma ligação, uma sequência de causa e efeito, e, não conseguindo, sofre uma espécie de paralisia temporária. Mas, quando me recuperei desse estupor, aos poucos cresceu dentro de mim uma certeza que me impressionou ainda mais do que a coincidência. Lembrei, claramente, com toda a certeza, que não havia desenho **nenhum** no pergaminho quando fiz o esboço do escaravelho. Tinha certeza absoluta disso, pois lembrava de ter olhado de um lado e do outro, procurando a parte mais limpa. Se a caveira estivesse ali, era evidente que eu não podia deixar de ter visto. Parecia um mistério impossível de explicar. Mas já naquele momento uma luz começou a brilhar, ainda fraquinha, lá no fundo de minha mente, a luz de uma ideia que a aventura da noite passada comprovou, magnificamente, que era verdadeira. Então me levantei e guardei cuidadosamente o pergaminho, tentando esquecer aquilo tudo até ficar sozinho.

Quando você foi embora e Júpiter já estava dormindo profundamente, resolvi examinar mais metodicamente o assunto. Em primeiro lugar, tentei lembrar como aquele pergaminho viera parar em minhas mãos. O lugar onde achamos o escaravelho fica no litoral da terra firme, um quilômetros e meio, mais ou menos, a leste da ilha, um pouco acima da linha da maré. Quando peguei o inseto, ele me picou fundo e eu o soltei. Júpiter, com sua prudência de sempre, antes de apanhar o inseto que tinha voado para o lado dele, procurou uma folha ou algo semelhante.

Foi nesse momento que os olhos dele e os meus também deram com o pedaço de pergaminho, que na hora achei que fosse papel, meio enterrado na areia. Perto desse lugar, notei os restos do casco de um bote escaler de algum navio, quase irreconhecível de tão deteriorado.

Pegando o pergaminho, Júpiter embrulhou o besouro com ele e me deu. Logo depois, voltamos para casa e, no caminho, encontramos o tenente G... Quando lhe mostrei o inseto, pediu--me que o deixasse levar até o forte. Como eu concordei, guardou logo o besouro no bolso do colete — sem o pergaminho em que estava embrulhado, que ficara na minha mão enquanto ele examinava o inseto —, talvez por medo de que eu mudasse de ideia. Você sabe como ele fica entusiasmado com tudo o que se refere à história natural. E eu, sem perceber, devo ter guardado o pergaminho em meu bolso.

Você deve lembrar também que não encontrei nenhuma folha de papel na mesa, para desenhar o besouro. Procurei em vão na gaveta, e então remexi os bolsos, atrás de alguma carta velha, quando achei o pergaminho. Foi assim, em todos os detalhes, que ele veio parar na minha mão, e isso tudo me impressionou muito.

Você vai achar que é loucura minha, é claro, mas eu já tinha conseguido fazer uma **ligação**. Tinha juntado dois elos de uma longa corrente: um bote na praia e não longe do bote um pergaminho — **não um papel** — com uma caveira desenhada. Você vai perguntar, é claro, qual é a ligação. E eu respondo que o crânio, a caveira, é o famoso emblema dos piratas. A bandeira da caveira é sempre usada por eles.

Eu disse que a folha era de pergaminho e não de papel. Pergaminho é coisa durável, quase imperecível. Coisas de pouca importância raramente são escritas em pergaminho, pois para um simples desenho ou escrita ele não é tão apropriado quanto o papel. Essas ideias sugeriam que a caveira tinha algum sentido, alguma importância. Não deixei de perceber também a **forma** do pergaminho. Apesar de um dos cantos ter sido destruído, por algum acidente, dava para ver que a forma original era alongada como uma tira, dessas que se usam geralmente para anotar um memorando, para registrar algo que deve ser lembrado e preservado com cuidado.

— Mas — interrompi — você disse que a caveira **não** estava no pergaminho quando desenhou o besouro. Como é então que pôde fazer uma ligação entre o bote e a caveira, se esta última, pelo que você mesmo disse, deve ter sido desenhada, só Deus sabe como ou por quem, depois do seu esboço do escaravelho?

— Ah! Aí é que está o mistério, embora eu não tivesse muita dificuldade para resolver esta parte do enigma. Sabia que seguindo em frente com determinação acabaria por chegar a um resultado. Pensei assim: quando desenhei o escaravelho, não havia vestígios de caveira no pergaminho; depois passei-o para você e não afastei os olhos enquanto você o examinava e até me devolver a folha. Portanto, **você** não desenhou a caveira e não havia ali mais ninguém para fazê-lo. E no entanto lá estava ela.

Nesse ponto, fiz esforço para lembrar e **lembrei** mesmo, nitidamente, todos os incidentes que ocorreram naquela noite. O tempo estava frio (ah, que raro e feliz acidente!) e o fogo aceso na lareira. Eu sentia calor, com o exercício da caminhada, por isso sentei perto da mesa. Mas você tinha puxado uma cadeira para perto da lareira. Assim que lhe entreguei o pergaminho e você ia ler, o Lobo, meu cão terra-nova, entrou e pulou sobre seus ombros. Com a mão esquerda você fazia agrados no cachorro, enquanto mantinha a mão direita, que segurava o pergaminho, entre os joelhos, bem perto da lareira. Num certo momento, achei que ele ia pegar fogo, mas, antes que pudesse avisá-lo, você já tinha levantado a mão e olhava o desenho. Considerando todos esses fatos, não tive nenhuma dúvida de que o **calor** era o agente que fez aparecer no pergaminho a caveira que você viu desenhada. Você sabe muito bem que existem preparados químicos, e isso desde tempos muito antigos, com os quais se pode escrever, seja em papel, seja em pergaminho, de forma que as letras só fiquem visíveis quando sofrem a ação do fogo. O açafrão, dissolvido em água-régia e diluído em quatro vezes seu volume de água, é empregado algumas vezes, resultando numa tintura fortemente alaranjada. O régulo* de cobalto, dissolvido em nitrato de potássio, dá uma cor vermelha. Essas cores desaparecem, em intervalos maiores ou menores, depois que o material escrito esfria, mas tornam a aparecer com a aplicação de calor.

---

* **Régulo**: Metal que contém impurezas do minério, que se acumula no fundo do cadinho na fusão ou na redução de minérios. Inicialmente empregado pelos alquimistas. (N.E.)

Então examinei a caveira com cuidado. A margem do desenho mais perto da extremidade do pergaminho era bem mais nítida que o resto. Estava claro que a ação do calor tinha sido imperfeita ou desigual. Imediatamente acendi o fogo e fui passando todas as partes do pergaminho pelo calor das chamas. De início, o único efeito foi acentuar as linhas da caveira, mas, insistindo na experiência, começou a aparecer, no canto da folha oposto ao que tinha a caveira desenhada, uma figura que a princípio me pareceu um bode. Examinando melhor, porém, fiquei convencido de que devia ser um cabrito*.

— Ha! ha! — eu ri. — É claro que não tenho direito de rir de você, pois um milhão e meio de dólares é assunto sério demais, mas você não vai me dizer que encontrou mais um elo para a sua corrente... Não vai achar nenhuma ligação especial entre seus piratas e um bode. Você sabe que pirata não tem nada a ver com bode. Bode só interessa aos fazendeiros.

— Mas eu acabei de dizer que a figura **não era** a de um bode.

— Bom, de um cabrito, então. Quase a mesma coisa.

— Quase — disse Legrand. — Você já deve ter ouvido falar do Capitão Kidd. Eu achei, na mesma hora, que a figura do animal era uma espécie de charada, de assinatura hieroglífica. Digo assinatura porque sua posição no papel sugeria isso. A caveira no canto oposto tinha um jeito de selo, de sinete. Mas fiquei muito decepcionado pela falta do resto, do corpo do meu instrumento imaginário, do texto para o meu contexto.

— Acredito que você esperava encontrar uma carta entre o selo e a assinatura.

— Algo assim. O fato é que eu estava irresistivelmente impressionado com o pressentimento de uma vasta fortuna. Não sei dizer por quê. Talvez, no fim das contas, fosse mais um desejo do que uma convicção. Mas sabe você que as bobagens do Júpiter sobre o fato de o escaravelho ser de ouro maciço tiveram um incrível efeito na minha imaginação? E depois, aquela série de acidentes e coincidências era **tão** excepcional! Você percebe como foi por mero acaso que tudo aconteceu no **único** dia, do ano inteiro, em que fez frio suficiente para acender a lareira? E que sem o fogo e sem a entrada do cachorro, no momento exato

---

* Em inglês, cabrito é **kid**. (N.T.)

em que ele apareceu, eu nunca ficaria sabendo da caveira e, portanto, nunca seria possuidor de um tesouro?

— Mas continue. Estou impaciente por saber o resto.

— Bom. Você já ouviu falar, claro, das muitas histórias que correm, dos milhares de vagos boatos sobre dinheiro enterrado em algum ponto da costa do Atlântico, por Kidd e seus companheiros. Esses boatos devem ter algum fundo de verdade. E o fato de continuarem a existir só podia ser a prova, foi o que me pareceu, de que o tesouro **continuava** enterrado. Se Kidd tivesse escondido sua riqueza por algum tempo e depois recolhido de volta, os boatos dificilmente teriam chegado até nós na forma invariável que tem hoje. Note bem que as histórias são todas sobre caçadores de tesouro e nunca sobre "achadores" de tesouro. Se o pirata tivesse recuperado o dinheiro, esse assunto teria morrido. Pareceu-me que algum acidente, digamos a perda da nota que indicava a localização, impediu o pirata de recuperar o tesouro. E que esse acidente chegou ao conhecimento de seus seguidores. De que outro jeito teriam ouvido falar de tesouro enterrado? Procurando em vão, porque não tinham nenhuma pista, tentaram recuperar o tesouro, e assim nasceu e se espalhou a lenda hoje tão comum. Você já ouviu falar de algum tesouro importante desenterrado no litoral?

— Nunca.

— Mas é fato bem conhecido que a riqueza de Kidd era imensa. Concluí então que a terra ainda guardava o tesouro. E você nem vai ficar surpreso se eu disser que tinha esperança, quase certeza mesmo, de que o pergaminho encontrado de maneira tão estranha era o registro perdido do esconderijo.

— E o que você fez depois?

— Aproximei o pergaminho do fogo outra vez, depois de aumentar o calor, mas não apareceu nada. Como estivesse muito sujo, lavei-o cuidadosamente com água morna e depois o coloquei numa panela, com a caveira virada para baixo, em cima de carvão em brasa. Em poucos minutos, com a panela bem aquecida, retirei o pergaminho e, com indescritível alegria, vi que em vários pontos estava salpicado de sinais semelhantes a algarismos arranjados em linhas. Recoloquei na panela e fiquei ali sofrendo, por mais um minuto. Quando retirei, estava do jeito que você pode ver agora.

Aí Legrand reaqueceu o pergaminho e me deu para examinar. Os seguintes sinais estavam toscamente escritos, com tinta vermelha, entre a caveira e o bode:

53‡‡†305))6*;4826)4‡.)4†);806*;48†8¶60))85;1†(;:‡*8†83(88)
5*†;46(;88*96*?;8)*‡(;485);5*†2:*‡(;4956*2(5*−4)8¶8*;40692
85);)6†8)4‡‡;1(‡9;48081;8:8†1;48†85;4)485†528806*81(‡948;(8
8;4(‡?34;48)4‡;16;:188;‡?;

— Mas continuo no escuro — disse eu, devolvendo-lhe a folha. — Se todas as joias de Golconda* estivessem à minha espera dependendo da solução desse enigma, tenho quase certeza de que nunca seriam minhas.

— E no entanto — disse Legrand —, a solução não é tão difícil como parece à primeira vista. Esses sinais, está claro, formam um código. Quer dizer, fazem sentido. Ora, o que sabemos mais de Kidd não permite supor que ele fosse capaz de construir um código muito complicado. Era provável que fosse bem simples, mas parecendo absolutamente insolúvel sem a chave para a inteligência rústica de um marinheiro.

— E você realmente o decifrou?

— Bem depressa. Já decifrei outros dez mil vezes mais difíceis. As circunstâncias e certa tendência mental fizeram com que me interessasse por esses enigmas. Pode-se até afirmar que não existe nenhum código construído pela engenhosidade humana que não possa ser decifrado com a devida aplicação. Na verdade, depois que encontrei signos legíveis e interligados, quase nem pensei na dificuldade de entender seu significado.

Neste caso — e na verdade em todos os casos de escrita secreta —, a primeira questão a resolver é a **língua** do código. Pois os princípios da solução, principalmente nos códigos mais simples, dependem do caráter do idioma em questão e variam de acordo com ele. Em geral, o único meio é experimentar (obedecendo às

---

* **Golconda**: Mina de riquezas, no sentido próprio e no figurado. Capital e fortaleza hoje em ruínas de um dos cinco reinos maometanos do Decão (Índia) nos séculos XVI e XVII, famosa por seus diamantes. (N.E.)

probabilidades) cada língua conhecida até descobrir a verdadeira. Mas neste código toda dificuldade desaparece por causa da assinatura. O trocadilho com a palavra "Kidd" só é possível na língua inglesa. Se não fosse isso, eu teria começado pelo espanhol e francês, línguas mais naturais para um pirata dos mares hispânicos. No caso, presumi que o criptograma estava em inglês. Você pode observar que não existe espaço entre as palavras. Do contrário o trabalho teria sido comparativamente fácil. Nesse caso eu teria começado comparando e analisando as palavras mais curtas e, se ocorresse uma palavra de uma única letra, o que é muito provável (**a** [um] ou **I** [eu] por exemplo), eu já consideraria a solução como coisa garantida. Mas, não havendo separação, meu primeiro passo era definir as letras predominantes, assim como as menos frequentes também. Contando todas, construí a seguinte tabela:

O signo	8	ocorre	33	vezes
O signo	;	ocorre	26	vezes
O signo	4	ocorre	19	vezes
O signo	‡	ocorre	16	vezes
O signo	)	ocorre	16	vezes
O signo	*	ocorre	13	vezes
O signo	5	ocorre	12	vezes
O signo	6	ocorre	11	vezes
O signo	(	ocorre	10	vezes
O signo	†	ocorre	8	vezes
O signo	1	ocorre	8	vezes
O signo	0	ocorre	6	vezes
O signo	9	ocorre	5	vezes
O signo	2	ocorre	5	vezes
O signo	:	ocorre	4	vezes
O signo	3	ocorre	4	vezes
O signo	?	ocorre	3	vezes
O signo	¶	ocorre	2	vezes
O signo	–	ocorre	1	vez
O signo	.	ocorre	1	vez

Ora, em inglês **e** é a letra que ocorre com maior frequência. Depois dela vêm, na seguinte ordem: **a o i d h n r s t u y c f g l m w b k p q x z**. O **e** é tão frequente que raramente se encontra uma frase em que ele não seja a letra predominante.

Temos, pois, logo de início, a base para algo mais que mera adivinhação. O uso geral que se pode fazer da tabela é óbvio, mas neste código em particular vamos precisar muito pouco de sua ajuda. Como o signo predominante é 8, podemos começar presumindo que ele é o e do alfabeto inglês. Para verificar essa hipótese, vamos observar se o 8 se encontra muitas vezes duplicado, pois o e dobrado aparece com grande frequência em inglês, em palavras como **meet** [encontrar], **fleet** [frota], **speed** [velocidade], **seen** [visto], **been** [sido], **agree** [concordar], etc. No nosso exemplo vemos que assim aparece nada menos que cinco vezes, apesar de o texto codificado ser curto.

Vamos, portanto, dizer que o 8 representa a letra e. Agora, de todas as palavras da língua, **the** [o, a] é a mais usada. Vejamos então se existem repetições de três signos, na mesma ordem de colocação, com o 8 no fim. Se descobrirmos repetições desses signos, assim arranjados, provavelmente representarão a palavra **the**. Investigando, encontramos nada menos que sete arranjos desse tipo com os signos ;48. Podemos pois concluir que ; representa **t**, 4 representa **h** e 8 representa **e**, sendo que este último já foi confirmado. Com isso damos um grande passo.

Só determinamos uma palavra, mas ela já nos permite fixar um ponto extremamente importante, ou seja, vários começos e terminações de outras palavras. Vejamos, por exemplo, a penúltima vez que essa combinação ;48 aparece, quase no fim do texto. Sabemos que o ; que vem logo em seguida é o começo de uma palavra e, dos seis signos que seguem esse **the**, conhecemos nada menos que cinco. Vamos substituir esses signos pelas letras que eles representam, deixando um espaço para a letra desconhecida:

t eeth

Podemos, de início, descartar o **th** como parte da palavra começada pelo primeiro **t**, uma vez que, experimentando o alfabeto inteiro para achar uma letra que caiba no espaço vazio, percebemos que não se pode formar nenhuma palavra da qual esse **th** faça parte. Com isso ficamos reduzidos a

t ee

Repassando outra vez todo o alfabeto, chegamos à palavra **tree** [árvore] como única leitura possível. Assim ganhamos mais uma letra, o **r**, representado pelo sinal (, mais as palavras justapostas **the tree** [a árvore].

Um pouco adiante dessas palavras, vemos mais uma vez a combinação ;48 e a utilizamos como **terminação** do que vem logo antes. Temos, portanto, o seguinte arranjo:

the tree ;4 (‡?34 the

ou, substituindo os signos já conhecidos por letras:

the tree thr ‡? 3h the

Agora, se trocarmos os signos que não conhecemos por espaços em branco ou pontos, podemos ler:

the tree thr...h the

em que a palavra **through** [através] fica evidente. Essa descoberta nos dá três novas letras: **o**, **u** e **g**, representadas por ‡, ? e 3.

Procurando agora no texto, com cuidado, combinações de signos já conhecidos, encontramos, não muito longe do começo, este arranjo:

83 (88 ou seja egree

que é, evidentemente, o final da palavra **degree** [grau] e nos dá mais uma letra, **d**, representada por †.

Quatro letras adiante da palavra **degree** vemos a combinação:

;46(;88

Traduzindo os sinais conhecidos e substituindo os desconhecidos por pontinhos, como antes, lemos assim:

th...rtee

arranjo que sugere imediatamente a palavra **thirteen** [treze] e novamente nos dá mais duas letras, **i** e **n**, representadas pelo 6 e pelo *.

Voltando ao começo do texto em código, encontramos a combinação:

53‡‡†

Traduzindo como antes, temos:

.good

o que nos dá a garantia de que a primeira letra é **a** [um, uma] e que as duas primeiras palavras são **a good** [um bom, uma boa].

Chegou o momento de organizar nossa chave, até o ponto que descobrimos, na forma de tabela, para evitar confusão. Fica assim:

5	representa	a
†	representa	d
8	representa	e
3	representa	g
4	representa	h
6	representa	i
*	representa	n
‡	representa	o
(	representa	r
;	representa	t
?	representa	u

Obtivemos, portanto, onze das mais importantes letras representadas, sendo desnecessário dar mais detalhes desta solução. Já disse o suficiente para convencê-lo de que os códigos dessa natureza são fáceis de solucionar e para lhe dar uma ideia do método usado para a tradução. Mas pode ter certeza de que este exemplo pertence à categoria mais simples de criptograma. Só falta agora dar-lhe a tradução completa dos signos do pergaminho, depois de decifrados. Aqui está:

A good glass lo the bishop's hostel in the devil's seat forty one degrees and thirteen minutes northeast and by north main branch seventh limb east side shoot from the left eye of the death's head a bee line from the tree through the shot fifty feet out.

[Uma boa lente no hotel do bispo na cadeira do diabo quarenta e um graus e treze minutos de nordeste para norte tronco principal sétimo galho lado leste atirai pelo olho esquerdo da caveira uma linha reta da árvore até o tiro dezesseis metros para fora.]

— Mas o enigma me parece ainda mais difícil do que nunca — disse eu. — Como é possível tirar algum sentido de todo esse linguajar: "cadeira do diabo", "caveira" e "hotel do bispo"?

— Confesso — respondeu Legrand — que o problema ainda parece sério olhando assim por alto. Minha primeira preocupação foi dividir a sentença na divisão natural pretendida pelo codificador.

— Quer dizer, pontuar a frase?

— Algo assim.

— Mas como foi possível fazer isso?

— Cheguei à conclusão de que o escritor tinha escrito as palavras sem separação **de propósito**, para aumentar a dificuldade da solução. Ora, um homem rústico, ao tentar isso, quase com certeza exageraria. Quando, ao escrever o texto, chegava a uma quebra do assunto, que naturalmente exigiria uma pausa ou um ponto, ele certamente teria tendência de escrever os signos, nesse lugar, mais juntos do que antes. Se você olhar o manuscrito, encontrará facilmente cinco exemplos dessa escrita apertada demais. Usando essa pista, fiz a seguinte separação:

> **Uma boa lente no hotel do bispo na cadeira do diabo — quarenta e um graus e treze minutos — de nordeste para norte — tronco principal sétimo galho lado leste — atirai pelo olho esquerdo da caveira — uma linha reta da árvore até o tiro dezesseis metros para fora.**

— Mesmo com essa separação — eu disse —, ainda me vejo no escuro.

— Também me vi no escuro — disse Legrand —, por alguns dias. Durante esse tempo, fiz rigorosa pesquisa nos arredores da ilha Sullivan, em busca de algum edifício que tivesse o nome de "Hotel do Bispo", pois evidentemente abandonei a forma arcaica **hostel**. Como não consegui nenhuma informação, estava a ponto de ampliar a esfera de pesquisa e usar um método mais sistemático quando, certa manhã, tive a súbita ideia de que esse "Hotel do Bispo" podia referir-se a uma antiga família de nome Bessop, que há muitíssimo tempo possuía uma mansão a cerca de seis quilômetros ao norte da ilha. Então fui até essa propriedade e retomei a pesquisa entre os negros mais velhos do lugar. Uma das mulheres me disse que já tinha ouvido falar de um lugar chamado **Bessop's Castle** [Castelo do Bessop], mas que não era castelo nem taverna, e sim um rochedo alto.

Ofereci-lhe um bom pagamento para levar-me até lá e, depois de resistir um pouco, ela concordou. Não foi muito difícil de encontrar. Depois de dispensar a mulher, comecei a examinar o local. O "castelo" era um arranjo irregular de penhascos e rochas, sendo que uma destas se destacava pela altura e também pelo isolamento e aspecto artificial. Subi até o alto e aí me vi perdido, sem saber o que fazer em seguida.

Enquanto pensava nisso, meus olhos deram com uma estreita plataforma do lado leste da rocha, um metro talvez abaixo do topo onde me achava. Essa saliência projetava-se a cerca de meio metro e media uns trinta centímetros de largura. Um nicho no rochedo acima dela tornava-a semelhante a uma daquelas cadeiras de encosto côncavo usadas por nossos avós. Não tive dúvidas de que ali estava a "cadeira do diabo" do manuscrito. E então senti que resolvera o enigma todo.

A "boa lente", sabia eu, só podia ser uma luneta, pois a palavra "lente" raramente é usada pelos marinheiros em qualquer outro sentido. Logo entendi que precisaria usá-la de um ponto de vista determinado, **que não admitia qualquer variação.** Também não tive nenhuma dúvida de que as expressões "quarenta e um graus e treze minutos" e "de nordeste para norte" eram indicações para a orientação da luneta. Muito excitado com essas descobertas, corri para casa, peguei minha luneta e voltei para o rochedo.

Desci para a saliência e descobri que era impossível sentar ali a não ser numa determinada posição. Isso confirmou o que eu já havia pensado. Então apontei a luneta. Evidentemente, "quarenta e um graus e treze minutos" só podia indicar a elevação acima do horizonte visível, uma vez que a direção horizontal estava claramente indicada pelas palavras "de nordeste para norte". Esta última direção logo defini, usando uma bússola de bolso. Depois apontei a luneta, o mais aproximadamente possível, segundo o ângulo de quarenta e um graus de elevação, movendo-a cuidadosamente até que minha atenção se concentrou numa abertura ou fenda na folhagem de uma grande árvore, bem mais alta que as outras em volta. No centro dessa fenda percebi um objeto branco, mas de início não consegui identificá-lo. Ajustando o foco da luneta, olhei de novo e vi que era um crânio humano.

Fiquei tão confiante com essa descoberta que considerei o enigma resolvido, pois a frase "tronco principal, sétimo galho, lado leste" só podia indicar a posição do crânio na árvore, enquanto "atirai pelo olho esquerdo da caveira" só admitia uma única interpretação, na busca de um tesouro enterrado. Entendi que o objetivo era atirar uma bala pelo olho esquerdo da caveira e que a "linha reta" traçada do ponto mais próximo do tronco através do "tiro" (ou seja, o ponto onde a bala cairia), e daí estendida a uma distância de quinze metros, iria indicar um lugar exato, sob o qual achei pelo menos **possível** que estivesse enterrado um tesouro precioso.

— Tudo isso é muito claro — concordei — e, apesar de engenhoso, bastante simples e explícito. E que fez você quando voltou do "Hotel do Bispo"?

— Bom, depois de marcar cuidadosamente a localização da árvore, voltei para casa. No momento em que saí da "cadeira do diabo", porém, a abertura circular desapareceu. Não pude mais voltar a vê-la, de qualquer lado que me virasse. O que me pareceu mais engenhoso em toda essa história foi o fato (pois várias experiências comprovaram que é mesmo um fato) de que essa abertura circular só era visível do ponto de visão permitido pela estreita plataforma na parede do rochedo, e de nenhum outro.

Nessa expedição ao "Hotel do Bispo" fui ajudado por Júpiter que, sem dúvida, tinha notado nas semanas anteriores que eu andava muito distraído e, portanto, tomava especial cuidado em não me deixar sozinho. Mas na manhã seguinte, levantando muito cedo, escapei dele e fui para as montanhas em busca da árvore. Depois de muito esforço, consegui encontrá-la. Quando voltei para casa, à noite, meu criado queria me dar uma surra. O resto da aventura você sabe tão bem quanto eu.

— Suponho que na primeira tentativa — disse eu — você marcou o lugar errado porque Júpiter, por ignorância, soltou o besouro pelo olho direito e não pelo olho esquerdo da caveira.

— Exatamente. Esse erro produzia uma diferença de uns sete centímetros no "tiro", ou seja, na posição da estaca junto da árvore. Se o tesouro estivesse **no lugar** do tiro, o erro não teria importância. Mas "o tiro" e o ponto mais próximo do tronco eram meramente dois pontos que determinavam uma linha de direção. Evidentemente o erro, por menor que fosse no começo, aumentava com o comprimento da linha, de modo que a uma distância de quinze metros ficávamos extraviados. Se não fosse minha profunda convicção de que o tesouro estava **mesmo** enterrado em algum lugar por ali, poderíamos ter trabalhado em vão.

— Mas suas atitudes solenes, ao balançar o escaravelho, eram tão estranhas, que cheguei a acreditar que você estava louco. E por que é que você insistiu em atirar o besouro e não uma bala de revólver pelo olho da caveira?

— Bom, para falar a verdade, fiquei um tanto irritado com a ostensiva suspeita de vocês quanto a minha sanidade mental e resolvi castigá-los calmamente, a meu modo, com um pouquinho de mistificação. Por isso é que fui balançando o escaravelho e fiz questão de que ele fosse atirado da árvore. Sua observação sobre o grande peso dele é que me sugeriu essa ideia.

— Sim, entendo! E agora só resta um ponto que me deixa intrigado. O que é que podemos pensar dos esqueletos que encontramos no buraco?

— Sobre isso sei tanto quanto você. Parece que só existe uma explicação possível, mas é difícil acreditar numa atrocidade dessas. É claro que Kidd (se é que foi mesmo Kidd que escondeu o tesouro, coisa de que não duvido), é claro que ele precisou de ajuda no trabalho. Mas, depois de tudo terminado, ele deve ter achado melhor eliminar todos os que conheciam seu segredo. Talvez uns dois ou três golpes de picareta quando os ajudantes estavam ocupados dentro do poço. Talvez dez ou mais. Quem pode dizer?

O BARRIL DE AMONTILLADO*

As mil ofensas de Fortunato eu aguentei o melhor que pude, mas, quando ele resolveu insultar-me, jurei vingança. Você, que conhece tão bem a natureza de minha alma, não vai pensar, no entanto, que cheguei a fazer ameaças. **Um dia** eu haveria de me vingar; isso estava decidido, e justamente por ser coisa decidida não admitia a ideia de risco. Eu não só tinha de castigar, mas castigar sem ser castigado. Qualquer ofensa fica sem troco se a desforra recai no vingador. E fica também sem troco se o vingador não conseguir mostrar que está se vingando para a própria pessoa que fez a ofensa.

Fique, pois, bem entendido que nem em palavras, nem em atos, dei a Fortunato qualquer razão para duvidar de minha boa vontade. Continuei, como de costume, a sorrir na frente deles sem deixá-lo perceber que **agora** eu sorria porque decidira acabar com ele.

Tinha um ponto fraco esse Fortunato, apesar de no resto ser um homem que devia ser respeitado e até mesmo temido. Ele se orgulhava de ser conhecedor de vinhos. Poucos italianos têm o verdadeiro espírito do **virtuose**. Na grande maioria, o entusiasmo deles é usado segundo o momento e a oportunidade, só para enganar os milionários ingleses e austríacos. Em matéria de pintura e pedras preciosas, Fortunato, tal como seus conterrâneos, era um charlatão; mas, em matéria de vinhos antigos, era sincero. Nesse assunto eu não era muito diferente dele: também era perito nas safras italianas e comprava bastante sempre que podia.

Um dia, ao entardecer, durante a suprema loucura do Carnaval, topei com meu amigo. Ele veio falar comigo um pouco animado demais, pois tinha bebido bastante. Estava fantasiado: uma roupa listada colante e, na cabeça, um chapéu pontudo com guizos. Fiquei tão contente de encontrá-lo, que meu aperto de mão não o largava mais. E lhe disse:

---

* Título original: "Cask of Amontillado". (N.E.)

— Meu caro Fortunato, que felicidade encontrá-lo. Sua aparência está ótima hoje! Olhe, recebi um barril do que dizem ser Amontillado, mas tenho as minhas dúvidas.

— Como? — disse ele. — Amontillado? Um barril? Impossível! No meio do Carnaval!

— Tenho as minhas dúvidas — repeti — e fiz a besteira de pagar o preço certo do Amontillado sem te consultar sobre o assunto. Você tinha sumido e fiquei com medo de perder a pechincha.

— Amontillado!

— Tenho as minhas dúvidas

— Amontillado!

— Preciso confirmar.

— Amontillado!

— Como você está ocupado, estou indo ver o Luchesi. Se tem alguém com senso crítico, esse alguém é ele. Vai poder me dizer se...

— O Luchesi não sabe a diferença entre um Amontillado e um xerez.

— É, mas tem gente que acha que o paladar dele é tão bom quanto o seu.

— Venha, vamos embora.

— Para onde?

— Para a sua adega.

— Não, meu amigo, não. Não quero abusar de sua boa vontade. Estou vendo que você tem compromisso. O Luchesi...

— Não tenho compromisso nenhum. Venha.

— Não, meu amigo, não. Não é o compromisso, é a gripe que o está acometendo. Minha adega é insuportável de úmida. As galerias estão cobertas de salitre.

— Vamos assim mesmo. A gripe não é nada. Amontillado! Você foi enganado. E quanto ao Luchesi, ele não conhece a diferença entre um xerez e um Amontillado.

Assim dizendo, Fortunato me pegou pelo braço. Coloquei uma máscara de seda negra, enrolei-me em minha capa e deixei que ele me arrastasse afobadamente para meu palácio.

Não havia nenhum criado em casa. Fugiram todos para se divertir na festa. Eu lhes tinha dito que só ia voltar de manhã e dei ordem rigorosa para que não saíssem de casa. Eu sabia muito

52

bem que bastava essa ordem para eles desaparecerem assim que eu virasse as costas.

Tirei dos suportes duas tochas, dei uma para Fortunato e atravessei junto com ele várias salas até as arcadas que levavam ao porão. Descemos uma longa escada espiral, e lhe pedi para tomar cuidado ao seguir-me. Finalmente paramos de descer e fomos andando juntos pelo chão úmido das catacumbas dos Montresors.

Os passos de meu amigo não eram lá muito firmes, fazendo tilintar os guizos de seu chapéu.

— O barril? — perguntou ele.

— Está mais para a frente — respondi. — Veja como as teias de aranha brilham nas paredes desta caverna.

Ele virou-se para mim, olhando-me bem nos olhos com suas órbitas opacas de que gotejavam remelas de bebedeira.

— Salitre? — perguntou, finalmente.

— Salitre — respondi. — Há quanto tempo você está com essa tosse?

A tosse dominou-o de tal modo que durante alguns minutos meu pobre amigo não pôde responder.

— Não é nada — conseguiu dizer, afinal.

— Vamos — falei, decidido. — Vamos voltar. Sua saúde é preciosa. Você é rico, respeitado, admirado, amado. Feliz, como eu já fui um dia. É um homem que iria fazer falta. Quanto a mim, não há problema. Se não voltarmos, você ficará doente e eu serei o responsável. Além disso, tem o Luchesi...

— Basta — disse ele. — A tosse não é nada, não vai me matar. Não vou morrer por causa de uma tosse.

— É verdade, é verdade — respondi. — Não era minha intenção causar alarme sem necessidade. Mas você tem de se cuidar. Um gole deste Medoc vai proteger-nos dessa umidade.

Então quebrei o gargalo de uma garrafa que retirei de uma longa fileira, todas deitadas sobre uma camada de mofo.

— Beba — eu disse, passando-lhe o vinho.

Ele bebeu da garrafa, olhando-me malicioso. Depois de uma pausa, cumprimentou-me com a cabeça, fazendo tilintar os guizos.

— Bebo — disse ele — pelos mortos que repousam à nossa volta.

— E eu a uma longa vida para você.

Novamente pegou meu braço, e fomos em frente.

— Estas adegas são enormes — disse ele.

— Os Montresors — respondi — são uma grande e numerosa família.

— Esqueci como é o seu escudo de armas.

— Um grande pé humano dourado, sobre campo azul, esmagando uma serpente cujas presas estão cravadas no calcanhar.

— E a divisa?

— **Nemo me impune lacessit**[*].

— Bonito! — disse ele.

O vinho brilhava nos seus olhos e os guizos tilintavam. Minha imaginação também tinha esquentado com o Medoc. Atravessamos longas muralhas de ossos empilhados, misturados com pipas e barris, até chegar ao ponto mais central das catacumbas. Parei de novo, dessa vez agarrando Fortunato com força pelo braço, acima do cotovelo.

— Veja! O salitre vai aumentando. Pendura-se feito musgo das abóbadas. Estamos debaixo do leito do rio. As gotas vão pingando no meio dos ossos. Venha, vamos voltar antes que seja tarde demais. Sua tosse...

— Não é nada — disse ele. — Vamos em frente. Mas, primeiro, mais um gole do Medoc.

Quebrei e dei-lhe um frasco de De Graves, que ele esvaziou de um trago. Seus olhos brilhavam, ferozes. Rindo-se, atirou a garrafa para cima com um gesto que não entendi.

Olhei-o surpreso. Ele repetiu o movimento, um gesto grotesco.

— Não está entendendo? — perguntou.

— Não — respondi.

— Então você não é da irmandade.

— Como é?

— Você não e da maçonaria.

— Sou, sim — respondi — sou, sim.

— Você? Impossível! Maçom?

— Maçom.

— Mostre um sinal — disse ele.

---

[*] Em latim, **ninguém me ofende impunemente**. (N.T.)

— Está aqui — respondi, tirando uma colher de pedreiro das dobras de minha capa.

— Está brincando! — exclamou ele, recuando uns passos.

— Mas vamos ver esse Amontillado.

— Seja — concordei, tornando a esconder a ferramenta debaixo da capa e dando-lhe o braço outra vez. Apoiando-se com todo o peso, seguimos caminho em busca do Amontillado. Passamos por uma série de arcos baixos, descemos, fomos em frente e, descendo mais ainda, chegamos a uma cripta profunda, onde o ar viciado enfraquecia as chamas das tochas, quase apagando-as.

No canto mais remoto da cripta podia-se ver outra, menos espaçosa. Junto das paredes, restos humanos empilhados até a abóbada, como nas grandes catacumbas de Paris. Três lados dessa cripta interna estavam ainda decorados desse jeito. Do quarto lado os ossos tinham sido derrubados e espalhavam-se pelo chão, formando, em certo ponto, um monte bem alto. Na parede exposta com a retirada dos ossos, via-se um nicho ainda mais interno, com mais ou menos um metro e vinte de profundidade, um de largura e uns dois metros de altura. Não parecia construído para nenhum uso específico, mas resultado simplesmente da separação entre dois dos colossais suportes do teto das catacumbas, tendo, como fundo, uma das paredes circundantes, de granito maciço.

Não adiantou Fortunato levantar a tocha, tentando espiar lá no fundo do nicho. A luz mortiça não permitia ver até onde ia.

— Vá em frente — eu disse. — O Amontillado está ali dentro. Quanto ao Luchesi...

— Ele é um ignorante — interrompeu meu amigo, tropeçando para a frente, enquanto eu o seguia, grudado nos seus calcanhares. Num instante chegou ao fim do nicho e, sendo impedido de avançar pela rocha, parou, abobalhado e confuso. Um momento mais e eu o teria acorrentado ao granito. Na superfície da pedra havia dois aros de ferro, separados horizontalmente por cerca de meio metro. Um deles trazia uma corrente curta dependurada, o outro um cadeado. Passando a corrente pela cintura dele, prendi-o em questão de segundos. Ele estava tonto demais para resistir. Tirei a chave e saí do nicho.

— Passe a mão pela parede — disse-lhe. — Dá para sentir bem o salitre. É **muito** úmido mesmo. Mais uma vez, deixe-me

implorar-lhe para voltar. Não? Então, decididamente, vou ter de deixar você aí. Mas antes devo prestar-lhe todas as pequenas gentilezas que estiverem ao meu alcance.

— O Amontillado! — exclamou meu amigo, ainda não recuperado da surpresa.

— É verdade — respondi. — Amontillado.

Dizendo essas palavras, comecei a remexer na pilha de ossos de que já falei antes. Jogando os ossos de lado, desenterrei uma quantidade de pedras para construção, além de argamassa. Com esse material e usando a colher de pedreiro, pus-me a emparedar com todo o vigor a entrada do nicho.

Mal tinha acabado de assentar a primeira fileira de alvenaria, quando percebi que a bebedeira de Fortunato já quase passara. O primeiro sinal disso foi um gemido grosso, gritado do fundo do nicho. **Não era** grito de bêbado. Depois, um longo e insistente silêncio. Assentei a segunda fileira, a terceira e a quarta; e ouvi então o som furioso da corrente ao ser sacudida. O ruído durou vários minutos, durante os quais, para poder gozá-lo melhor, interrompi o trabalho e sentei em cima dos ossos. Quando finalmente cessou o barulho, peguei de novo a colher e terminei sem interromper a quinta, a sexta e a sétima fileiras. A parede agora já chegava até a altura do peito. Parei mais uma vez e, segurando a tocha por cima da parte construída, iluminei com a luz fraca o vulto lá dentro.

Uma série de berros e guinchos explodiu de repente da garganta do acorrentado, jogando-me praticamente para trás. Por um breve momento hesitei. Estava tremendo. Saquei a espada e espetei com ela o interior do nicho, mas em pouco me acalmei. Passei a mão pela sólida parede da catacumba e fiquei satisfeito. Tornando a aproximar-me da parede, respondi a seus gritos com outros. Imitei, provoquei e superei os gritos dele em volume e em força. Fiz isso até que ele emudecesse.

Já era meia-noite, e minha obra chegava ao fim. Já tinha acabado a oitava, nona e décima fileiras. Estava terminando a undécima e última fileira; faltava uma única pedra para encaixar e cimentar. Lutei com o peso dela e consegui colocá-la parcialmente na posição final. Mas, então, do interior do nicho veio o som de risada baixa, que me arrepiou os cabelos. Logo em seguida, uma voz triste, que a custo reconheci como a do nobre Fortunato. A voz dizia:

— Ha! ha! ha!... he! he!... boa piada, muito boa... uma brincadeira excelente. Vamos dar boas risadas com isto no palácio... he! he! he!... tomando o nosso vinho... he! he! he!...

— O Amontillado! — eu disse.

— He! he! he!... he! he! he!... é, o Amontillado. Mas não está ficando tarde? Será que não estão nos esperando lá no palácio minha mulher e os outros? Melhor ir embora.

— É disse eu —, vamos embora.

— **Por amor de Deus, Montresor!**

— Sim — disse eu —, pelo amor de Deus!

Depois dessas palavras esperei em vão por uma resposta. Fui ficando impaciente. E chamei, alto:

— Fortunato!

Nenhuma resposta. Chamei de novo:

— Fortunato!

Ainda nada. Enfiei a tocha pela abertura que ainda restava e a joguei lá dentro. De volta só me chegou o tilintar dos guizos. Senti meu coração apertar-se... por causa da umidade das catacumbas. Tratei de terminar depressa meu trabalho. Forcei a última pedra na posição e cimentei. Contra a parede nova tornei a erguer a velha pilha de ossos. E neste meio século nenhum mortal desarrumou essa pilha. **In pace requiescat!**[*]

---

[*] Em latim, **descanse em paz**. (N.T.)

CONVERSA COM UMA MÚMIA*

O simpósio da noite anterior fatigara um pouco demais meus nervos. Sentia uma dor de cabeça horrorosa e estava desesperadamente sonolento. Portanto, em vez de sair para me divertir à noite, como tinha planejado, ocorreu-me que o mais ajuizado seria jantar alguns bocados e ir imediatamente para a cama. Um jantar **leve**, claro. Gosto demais de torrada com queijo derretido. Mais de 500 gramas de uma vez, no entanto, pode nem sempre ser aconselhável. Mesmo assim, não há como fazer objeção material a duas. E, na verdade, entre duas e três a diferença é meramente uma unidade. Arrisquei, talvez, quatro. Minha mulher diz que foram cinco, mas evidentemente ela misturou duas coisas muito diferentes. Estou disposto a admitir o número abstraio cinco; quanto ao concreto, refere-se a garrafas de cerveja preta, sem a qual, à guisa de condimento, as torradas com queijo derretido devem ser evitadas.

Concluída essa refeição frugal, coloquei a touca de dormir, com a tranquila esperança de usá-la até o meio-dia seguinte, deitei a cabeça no travesseiro e, contando com a ajuda de uma consciência tranquila, imediatamente adormeci.

Mas quando foi que as esperanças da humanidade se realizaram? Não tinha ainda completado meu terceiro ronco, quando o furioso tilintar da campainha da porta e, logo em seguida, batidas insistentes com a aldrava me acordaram na mesma hora. Um minuto depois, enquanto esfregava os olhos, minha mulher me enfiou na cara um bilhete do velho amigo doutor Ponnonner, que dizia o seguinte:

> *Largue tudo e venha de qualquer jeito, meu querido amigo, assim que receber esta. Venha participar de nossa alegria. Finalmente, após longa e insistente diplomacia, tive permissão dos diretores do Museu da Cidade para examinar a múmia — sabe de qual estou falando. Tenho*

---

* Título original: "Some words with a mummy". (N.E.)

permissão para desenfaixá-la e abri-la, se for necessário. Só uns poucos amigos estarão presentes — você, sem dúvida. A múmia está agora em minha casa, e devemos começar a desembrulhá-la às onze horas da noite. Sempre seu,

Ponnonner

Quando cheguei ao "Ponnonner", senti que estava tão acordado quanto pode um homem estar. Saltei da cama em estado de êxtase, derrubando tudo a minha frente, vesti-me com milagrosa rapidez e parti sem demora para a casa do doutor. Lá encontrei reunido um grupo muito excitado, que me esperava com grande impaciência. A múmia estava deitada sobre a mesa de jantar, e assim que entrei foi iniciado o exame.

Era uma das duas trazidas, muitos anos antes, pelo capitão Arthur Sabretash, primo de Ponnonner, de uma tumba perto de Eleithias, nas montanhas da Líbia, a distância considerável de Tebas, às margens do Nilo. As grutas nesse local, apesar de menos magníficas que os sepulcros tebanos, apresentam maior interesse, porque fornecem inúmeras ilustrações da vida privada dos egípcios. A câmara de onde fora tirado nosso espécime era considerada repleta dessas ilustrações — com as paredes cobertas de afrescos e baixos-relevos, além de estátuas, vasos e mosaicos de ricos padrões, que testemunhavam a vasta fortuna do falecido.

O tesouro fora depositado no museu exatamente nas mesmas condições em que tinha sido encontrado pelo capitão — isto é, o sarcófago estava ainda intacto. Permaneceu assim por oito anos, exposto apenas externamente à visitação pública. Tínhamos agora, portanto, a múmia completa à nossa disposição. Aqueles que sabem como é raro chegarem às nossas piegas antiguidades não violadas compreenderão logo se havia ou não razão de nos felicitarmos.

Aproximando-me da mesa, vi uma grande caixa ou arca oblonga, mas não em forma de esquife, com pouco mais de dois metros de comprimento e talvez um metro de largura, por uns oitenta centímetros de profundidade. A princípio pensamos que fora construída com madeira de sicômoro (plátano), mas ao cortá-la reconhecemos que era pasta de papel ou, mais precisamente, papel machê, feito de papiro. As inúmeras pinturas que a cobriam representavam cenas funerárias e outros

60

motivos fúnebres — entre as quais serpenteavam, em todos os sentidos, várias sequências de caracteres hieroglíficos, que, sem dúvida, deviam representar o nome do falecido. Por sorte, fazia parte de nosso grupo o sr. Gliddon, que não teve dificuldade em traduzir os caracteres simplesmente fonéticos, formando a palavra **Allamistakeo**[*].

Deu-nos algum trabalho abrir a arca sem danificá-la; quando afinal o conseguimos, encontramos uma segunda, em forma de ataúde e consideravelmente menor que a caixa exterior, mas no resto exatamente semelhante. O intervalo entre as duas estava preenchido com resina, que havia, até certo ponto, esmaecido as cores da caixa interna.

Ao abrir esta última (o que fizemos com facilidade), chegamos a uma terceira caixa, também em forma de esquife, que só diferia da segunda no material, que era cedro e ainda exalava o cheiro peculiar e fortemente aromático dessa madeira. Entre a segunda e a terceira caixas não havia nenhum espaço — uma cabia precisamente dentro da outra.

Removendo a terceira caixa, descobrimos enfim o corpo. Esperávamos encontrado, como é usual, enrolado em muitas tiras ou ataduras de linho, mas, no lugar delas, achamos uma espécie de estojo, feito de papiro e revestido com uma camada de gesso, dourado e copiosamente recoberto com pinturas. Estas tinham como assunto os supostos deveres da alma e sua apresentação a diferentes divindades, incluindo numerosas figuras humanas idênticas, provavelmente retratos das pessoas embalsamadas. Da cabeça aos pés estendia-se uma inscrição vertical, em hieróglifos fonéticos, que reproduziam mais uma vez o nome e títulos do morto, além dos nomes e títulos de seus parentes.

Em volta do pescoço, assim descoberto, havia um colar de contas de vidro cilíndricas de diferentes cores, arranjadas de maneira a formar imagens de divindades, do escaravelho etc., com o globo alado. A cintura estava adornada com um colar semelhante ou cinto.

Removendo o papiro, vimos que a carne se achava em perfeito estado de conservação, sem nenhum odor perceptível. A cor era avermelhada, e a pele, rija, macia e brilhante. Os dentes

---

[*] Allamistakeo (*All a mistake* = Tudo um mal-entendido). (N.E.)

e cabelos revelaram-se em boas condições. Os olhos, aparentemente, tinham sido removidos e substituídos por olhos de vidro muito bonitos, maravilhosamente realistas, salvo pela fixidez do olhar, um tanto pronunciada demais. Os dedos e unhas estavam brilhantemente dourados.

Da cor avermelhada da epiderme, o sr. Gliddon inferiu que o embalsamamento tinha sido praticado unicamente com asfalto; mas, tendo raspado a superfície com um instrumento de aço e lançado ao fogo uma parte do pó assim obtido, identificou-se claramente a fragrância de cantora e de outras resinas aromáticas.

Examinamos o corpo cuidadosamente, em busca das aberturas habituais pelas quais se extraíam as entranhas, não descobrindo nenhuma, para nossa surpresa. Nenhum membro do nosso grupo sabia, por esse tempo, que não é raro encontrar múmias inteiras ou não cortadas. Costumava-se remover o cérebro pelo nariz e os intestinos por meio de incisão lateral; então o corpo, raspado, lavado e salgado, repousava durante várias semanas, quando por fim tinha início a operação de embalsamamento propriamente dita.

Uma vez que não encontramos vestígio algum de abertura, o doutor Ponnonner pôs-se a preparar seus instrumentos de dissecação, quando observei que passava das duas da manhã. Decidimos então deixar para a noite seguinte o exame interno e íamos já nos separar quando alguém sugeriu um ou dois experimentos com uma pilha voltaica.

Aplicar eletricidade a uma múmia de pelo menos três ou quatro mil anos era uma ideia não muito sábia talvez, mas bastante original, e todos a aprovamos de imediato. Com um décimo a sério e nove décimos por brincadeira, preparamos uma bateria elétrica no gabinete do doutor e levamos o egípcio para lá.

Tivemos muito trabalho para expor algumas partes do músculo temporal, que parecia estar menos rígido que o resto do corpo; como todos prevíamos, evidentemente não deu o menor indício de suscetibilidade galvânica quando em contato com os fios. De fato, esta primeira experiência mostrou-se decisiva e, rindo gostosamente de nosso próprio absurdo, estávamos nos despedindo quando, olhando castamente para a múmia, descobri em seus olhos algo que me fez fitá-los com assombro. Meu breve olhar bastou, de fato, para me certificar de que as órbitas, que todos imaginávamos de vidro e que originalmente distinguiam-se por certa fixidez singular, estavam agora tão cobertas pelas pálpebras que só uma pequena porção da esclerótica continuava visível. Com um grito chamei a atenção para o fato, que se tornou logo evidente para todos.

Não posso dizer que fiquei **alarmado** com o fenômeno, porque, no meu caso, "alarmado" não era exatamente a palavra. Contudo, é possível que, não fossem as cervejas pretas, me sentisse um pouco nervoso. Quanto aos outros, nem mesmo tentaram esconder o terror que se apossou de todos. O doutor Ponnonner dava pena. O sr. Gliddon, graças a um procedimento peculiar, tornou-se invisível. O sr. Silk Buckingham, esse, creio que não terá a ousadia de negar que se enfiou, de quatro, debaixo da mesa.

Passado o primeiro choque de surpresa, no entanto, resolvemos, como seria de esperar, prosseguir imediatamente com as experiências. Nossas operações foram conduzidas então para o pé direito. Fizemos uma incisão sobre a parte externa do osso sesamóideo do dedão e atingimos assim a raiz do músculo abdutor. Reajustando a bateria, aplicamos então um fluido aos nervos expostos, quando, com um movimento extremamente realista, a múmia primeiro dobrou o joelho direito até quase encostá-lo no abdome e, em seguida, endireitando a perna com força inconcebível, deu um chute no doutor Ponnonner, que teve como efeito jogá-lo, como a flecha de uma catapulta, através de uma janela direto na rua lá embaixo.

Corremos em massa para recolher os restos mutilados do desgraçado, mas tivemos a felicidade de encontrá-lo na escada, subindo com ligeireza extraordinária, fervendo de ardor filosófico e mais do que nunca convencido da necessidade de prosseguir nossa experiência com todo o zelo e rigor.

Foi por seu conselho que todos concordamos em fazer, imediatamente, uma profunda incisão na ponta do nariz do paciente, enquanto o próprio doutor, com mãos violentas, o colocava em veemente contato com o fio.

Moral e fisicamente — figurada e literalmente — o efeito foi eletrizante. Em primeiro lugar, o cadáver abriu os olhos e piscou rapidamente durante alguns minutos, como faz o personagem Mr. Barnes na pantomima; em segundo lugar, deu um espirro; em terceiro, sentou-se; em quarto, sacudiu o punho fechado diante do rosto do doutor Ponnonner; em quinto, voltando-se para os senhores Gliddon e Buckingham, dirigiu-se a eles em perfeito egípcio, dizendo:

— Devo dizer-lhes, meus senhores, que não só estou surpreso mas também mortificado pelo seu comportamento. Do doutor Ponnonner não se podia esperar nada melhor. Ele é um coitado de um gordinho que não **sabe** nada. Dá-me pena e o perdoo. Mas no seu caso, senhor Gliddon, e no seu, senhor Silk, que viajaram e residiram no Egito a ponto de parecer nativos, que passaram tanto tempo entre nós a ponto de falar o egípcio tão bem quanto escrevem a própria língua-mãe, que me tinha habituado a considerar como fiéis amigos das múmias, dos **senhores** eu esperava conduta mais cavalheiresca. Que devo pensar de sua impassível tranquilidade ao ver-me tratado de semelhante modo? Que devo supor, quando permitem que esse e aquele me removam de meus esquifes e tirem minhas roupas, neste clima horrivelmente frio? E, finalmente, como devo entender sua ação de ajudar e incitar esse miserável velhaco do doutor Ponnonner a puxar-me pelo nariz?

É de presumir, sem dúvida, que, ao ouvir tal discurso naquelas circunstâncias, corremos todos para a porta ou sofremos violenta crise histérica ou caímos logo desmaiados. Uma dessas três coisas era provável. Na verdade, cada uma ou todas essas linhas de conduta podiam ter sido muito plausivamente seguidas. E, juro, não consigo entender como ou por que não fizemos nem uma, nem outra. Mas, talvez, a verdadeira razão deva ser buscada no espírito desta época, que opera inteiramente pela lei dos contrários e agora é considerada, usualmente, a solução para tudo o que parece paradoxal ou impossível. Ou talvez, enfim, fosse apenas porque o ar extremamente natural e tranquilo da múmia esvaziou suas palavras de qualquer aspecto terrível. Seja como for, os fatos são claros e nenhum membro do grupo demonstrou qualquer medo especial ou pareceu crer que alguma coisa irregular tivesse ocorrido.

De minha parte, convencido de que tudo ia bem, simplesmente me afastei um pouco do raio de alcance do punho do egípcio. O doutor Ponnonner enfiou as mãos nos bolsos das calças, encarou duramente a múmia e ficou vermelho como um pimentão. O sr. Gliddon alisou a barba e levantou o colarinho da camisa. O sr. Buckingham baixou a cabeça e meteu o polegar direito no canto esquerdo da boca.

O egípcio olhou-o severamente durante alguns minutos e por fim perguntou, sarcástico:

— Por que não diz alguma coisa, senhor Buckingham? Ouviu o que lhe perguntei ou não? **Tire** o dedo da boca!

A essas palavras, o sr. Buckingham estremeceu, retirou o polegar direito do canto esquerdo da boca, mas, para compensar, enfiou o polegar esquerdo no canto direito da abertura mencionada. Incapaz de obter resposta do sr. B., a múmia virou-se irritada para o sr. Gliddon e, em tom peremptório, perguntou o que todos nós pretendíamos.

O sr. Gliddon finalmente deu uma longa resposta em egípcio e, não fosse a ausência de caracteres hieroglíficos nas tipografias norte-americanas, eu teria muito prazer em reproduzir aqui, no original, o texto integral desse excelente discurso.

Cabe agora dizer que toda a conversação subsequente de que a múmia participou foi realizada em egípcio primitivo, por intermédio (em consideração a mim e outros membros menos viajados do grupo), por intermédio, como eu dizia, dos senhores Gliddon e Buckingham, que serviam como intérpretes. Esses cavalheiros falavam a língua nativa da múmia com a fluência e graça admiráveis, mas não pude deixar de observar que (devido, sem dúvida, ao uso de imagens inteiramente modernas e, é claro, inteiramente novas para o estrangeiro) os dois viajantes viam-se, às vezes, forçados a utilizar formas práticas de expressão para explicar um significado particular. Uma vez o sr. Gliddon, por exemplo, só conseguiu fazer o egípcio entender o termo "política" ao desenhar na parede, com um pedaço de carvão, um homenzinho com nariz vermelho e inchado, cotovelos puídos, trepado num caixote, com a perna esquerda para trás, o braço direito estendido para a frente, o punho fechado, olhos revirados para o céu e a boca aberta em ângulo de noventa graus. Da mesma forma, o sr. Buckingham, para traduzir a ideia absolutamente moderna de **Whig***, precisou mostrar (por sugestão do dr. Ponnonner), muito constrangido, a própria peruca.

Como é natural, o discurso do sr. Gliddon versou, acima de tudo, sobre os enormes benefícios que o desenfaixar e a estripa-

---

* **Whig:** Membro conservador do partido liberal inglês. Membro de partido político norte-americano criado em 1834, para fazer oposição aos democratas, e que se dividiu em várias facções em 1852, devido à questão escravista. O autor faz trocadilho com a palavra **wig**, peruca. (N.E.)

65

ção de múmias trouxeram para a ciência; desculpando-se, desse modo, por qualquer inconveniente que, em particular, tenhamos causado a **ela**, a múmia chamada Allamistakeo, concluiu com a mera insinuação (pois não passava mesmo disso) de que, uma vez explicados esses pontos menores, o melhor seria continuar com a investigação pretendida. Aí o dr. Ponnonner preparou seus instrumentos.

A respeito da última sugestão do orador, parece que Allamistakeo tinha certos escrúpulos de consciência, cuja natureza não consegui entender claramente, mas declarou-se satisfeito com nossa justificação e, descendo da mesa, apertou a mão de todos. Acabada essa cerimônia, tratamos imediatamente de reparar os danos que o escalpelo infligiu a nosso paciente. Costuramos a ferida na têmpora, enfaixamos o pé e aplicamos um bom pedaço de esparadrapo preto na ponta do nariz.

Reparamos então que o conde (tal era, parece, o título de Allamistakeo) estava sofrendo de pequena crise de tremores — sem dúvida devidos ao frio. O doutor recorreu imediatamente a seu guarda-roupa, voltando com um paletó preto, no melhor estilo Jennings, calça xadrez azul-celeste com alças, camisa de fino algodão cor-de-rosa, colete de brocado com abas, sobretudo branco, bengala recurvada, chapéu sem aba, botas de couro, luvas de pelica cor de palha, monóculo, um par de suíças e uma gravata-cascata. Devido à diferença de tamanho entre o conde e o doutor (na proporção de dois para um), houve alguma dificuldade em ajustar essas roupas ao corpo do egípcio; mas, quando tudo se arranjou, podia--se dizer que estava bem-vestido. Então o sr. Gliddon, dando-lhe o braço, conduziu-o até uma poltrona confortável, diante da lareira, enquanto o doutor imediatamente mandava vir vinho e charutos.

A conversação logo se animou. Houve, é claro, muita curiosidade quanto ao fato, um tanto notável, de Allamistakeo ainda estar vivo.

— Eu julgaria — observou o sr. Buckingham — que a esta hora o senhor devia estar bem morto.

— Ora! — replicou o conde, muito surpreso. — Tenho pouco mais de setecentos anos de idade! Meu pai viveu mil, e não estava nem um pouco caduco quando morreu.

Seguiu-se então uma rápida série de perguntas e cálculos, pelos quais se verificou que a antiguidade da múmia tinha sido grosseiramente mal calculada. Fazia cinco mil e cinquenta anos mais alguns meses que ela fora colocada nas catacumbas de Eleithias.

— Não me referia — resumiu o sr. Buckingham — à sua idade na época do enterro (estou disposto a admitir, de fato, que ainda é jovem) e sim à enormidade do tempo em que, segundo seu próprio testemunho, deve ter ficado em conserva no asfalto.

— No quê? — perguntou o conde.

— No asfalto — insistiu o sr. B.

— Ah, sim! Tenho uma vaga ideia do que está dizendo. Com efeito, isso talvez desse resultados, mas na minha época quase só se empregava o bicloreto de mercúrio.

— Mas na verdade o que não conseguimos entender — disse o dr. Ponnonner — é que, tendo morrido e sendo enterrado no Egito, há cinco mil anos, esteja vivo ainda hoje e aparentemente tão bem.

— Se eu estivesse **morto**, como diz — replicou o conde —, é bem provável que continuaria morto, pois percebo que os senhores ainda estão na infância do galvanismo e não conseguem obter com ele o que era comum entre nós no passado. O fato é que sofri um ataque de catalepsia e meus melhores amigos, achando que estava ou deveria estar morto, mandaram-me embalsamar imediatamente. Creio que os senhores conhecem o princípio básico do processo de embalsamamento...

— Bem, não inteiramente.

— Ah, entendo!... Lamentável condição de ignorância! Bom, não posso entrar em detalhes agora, mas é preciso explicar que o embalsamamento propriamente dito, no Egito, significava suspender indefinidamente **todas** as funções animais submetidas ao processo. Uso a palavra animal em seu sentido mais amplo, que inclui tanto o ser físico quanto o ser moral e **vital**. Repito, o princípio fundamental do embalsamamento consistia, entre nós, em suspender de imediato e manter em perpétua **latência todas** as funções animais submetidas ao processo. Para abreviar, o estado em que o indivíduo se achava por ocasião do embalsamamento, era o estado em que permaneceria perpetuamente. Ora, como tenho o privilégio de ser do sangue dos Escaravelhos, fui embalsamado **vivo**, como os senhores podem ver agora.

— Sangue dos Escaravelhos! — exclamou o dr. Ponnonner.

— Sim. O Escaravelho era a insígnia ou o "brasão" de uma família nobre, muito distinta e pouco numerosa. Ter "sangue dos

Escaravelhos" significa apenas fazer parte da família que tem o Escaravelho como insígnia. Estou falando figuradamente.

— Mas que relação tem isso com o fato de estar vivo?

— Ora, é costume no Egito retirar do corpo, antes do embalsamamento, as entranhas e o cérebro. Só a casta dos Escaravelhos estava isenta dessa regra. Se eu não fosse um Escaravelho, portanto, estaria sem entranhas e sem cérebro. E sem este ou aquelas, é inconveniente estar vivo.

— Compreendo — disse o sr. Buckingham. — Então todas as múmias que nos chegam **intactas** são da casta dos Escaravelhos.

— Sem nenhuma dúvida.

— Julgava — disse o sr. Gliddon, muito humildemente — que o Escaravelho fosse um dos deuses egípcios.

— Um o quê?! — exclamou a múmia, pondo-se de pé num salto.

— Deuses! — repetiu o viajante.

— Senhor Gliddon, estou realmente perplexo de ouvi-lo falar dessa forma — disse o conde, tornando a sentar-se. — Nenhuma nação sobre a face da terra jamais reconheceu mais do que **um deus**. O Escaravelho, o Íbis etc. eram entre nós (assim como outras criaturas são para outros povos) os símbolos ou **meios** através dos quais oferecíamos nossa adoração ao Criador, superior demais para ser abordado diretamente.

Aqui houve uma pausa. Pouco depois, a conversa foi retomada pelo dr. Ponnonner.

— Então não é improvável, segundo suas explicações, que nas catacumbas perto do Nilo existam outras múmias da família dos Escaravelhos em condição de vitalidade.

— Sem sombra de dúvida — replicou o conde. — Todos os Escaravelhos embalsamados vivos, por acaso, estão vivos. Até mesmo alguns dos que foram assim embalsamados de propósito podem ter sido esquecidos por seus testamenteiros e continuar vivos na tumba.

— Podia ter a gentileza de explicar — disse eu — o que quer dizer com "assim embalsamados de propósito"?

— Com muito prazer — respondeu a múmia, depois de me observar calmamente através do monóculo, pois era a primeira vez que me aventurava a falar diretamente com ele. — Com muito prazer — repetiu. — A duração normal da vida de um homem, em minha época, era de cerca de oitocentos anos. Salvo algum acidente extraordinário, poucos homens morriam antes dos seiscentos anos e poucos viviam mais que dez séculos, mas oitocentos anos era considerado o prazo natural. Depois da descoberta do embalsamamento, que já descrevi para os senhores, lembraram-se nossos filósofos de que se poderia satisfazer uma curiosidade muito louvável e, ao mesmo tempo, servir consideravelmente os interesses da ciência, se esse período natural fosse vivido em prestações. No caso da ciência histórica, de fato, essa experiência deu grandes resultados. Um historiador, por exemplo, tendo atingido a idade de quinhentos anos, escrevia um livro com todo o cuidado e então mandava-se embalsamar convenientemente, deixando instruções para que seus testamenteiros provisórios o revivificassem passado certo período, digamos quinhentos ou seiscentos anos. Retomando a existência depois desse prazo, invariavelmente acharia sua grande obra transformada numa espécie de caderno de notas casuais — quer dizer, num certo tipo de arena literária para as adivinhações contraditórias, enigmas e discussões pessoais de inúmeros bandos de comentadores desesperados. Esses enigmas etecétera, que se faziam passar por anotações ou correções, encobriam, distorciam e sufocavam o texto de tal forma, que o autor tinha de sair de lanterna em punho para descobrir seu próprio livro. Uma vez descoberto, quase nunca valia o esforço da busca. Depois de reescrever tudo, considerava-se como dever imperioso do historiador o trabalho de corrigir, a partir da própria experiência e conhecimento, as tradições da época em que tinha vivido originalmente. Esse processo de reescritura e retificação pessoal, realizado por vários sábios individualmente de tempos em tempos, tinha o efeito de impedir que nossa história degenerasse em pura fábula.

— Desculpe-me — disse o dr. Ponnonner, nesse ponto, pousando gentilmente a mão no braço do egípcio. — Desculpe-me, meu senhor, mas posso interromper um momento?

— À vontade — respondeu o conde.

— Queria apenas fazer uma pergunta — disse o doutor. — O senhor mencionou que os historiadores faziam uma correção pessoal das **tradições** relativas a sua própria época. Por favor, meu senhor, em média, que proporção dessa Cabala continuava correta?

— A Cabala, como diz muito adequadamente, meu senhor, estava geralmente em igualdade de condições com os fatos registrados nas histórias não reescritas. Ou seja, nem um til de qualquer uma delas, em circunstância alguma, deixou jamais de estar total e radicalmente errado.

— Mas tendo consentido — continuou o doutor — que pelo menos cinco mil anos se passaram desde que foi sepultado, acredito que as histórias desse período, se não suas tradições, eram suficientemente explícitas a respeito de um tópico de interesse tão universal quanto a Criação, que ocorreu, como suponho que saiba, apenas cinco séculos antes.

— Como! — exclamou o conde Allamistakeo.

O doutor repetiu suas observações, mas só depois de muitas explicações é que o estrangeiro conseguiu entendê-las. Afinal este disse, hesitante:

— Confesso que essas ideias são inteiramente novas para mim. Em minha época, nunca soube de alguém que tivesse a ideia tão estranha de que o universo (ou este mundo, se quiserem) teve começo algum dia. Lembro-me de que uma vez, uma única vez, um homem de grande saber insinuou, muito remotamente, algo a respeito da origem da **raça humana**. E esse indivíduo utilizou a própria palavra **Adão** (ou Terra Vermelha), que os senhores também usam. No entanto, ele empregava a palavra em sentido genérico, referindo-se à geração espontânea do solo fértil (idêntica à geração espontânea que dá origem a milhares de gêneros de criaturas inferiores), geração espontânea, eu dizia, de cinco grandes hordas de homens, que brotaram simultaneamente nas cinco divisões distintas e quase idênticas do globo.

Neste ponto, todos encolheram os ombros, e um ou dois de nós tocou a fonte com a mão, numa expressão muito significativa. O sr. Silk Buckingham, após olhar rapidamente para o occipício e em seguida para o sincipício* de Allamistakeo, disse o seguinte:

— A longevidade humana em sua época, ao lado dessa prática ocasional de viver, como explicou, em prestações, deve ter tido sem dúvida forte influência no desenvolvimento e acumulação geral dos conhecimentos. Portanto, suponho que, comparando com

---

* **Occipício**: Parte ínferoposterior da cabeça. **Sincipício**: Porção ânterossuperior da cabeça. (N.E.)

os modernos e muito especialmente com os ianques americanos, podemos atribuir essa nítida inferioridade dos antigos egípcios em todos os ramos da ciência à maior espessura do crânio egípcio.

— Confesso, mais uma vez — disse o conde, muito suavemente —, que estou perdido e não o compreendo. Por favor, a que ramos particulares da ciência o senhor se refere?

Neste ponto, todo o grupo, numa confusão de vozes, explicou longamente as suposições da frenologia e as maravilhas do magnetismo animal.

Tendo-nos ouvido até o fim, o conde relatou algumas anedotas, comprovando que os protótipos de Gall e de Spurzheim[*] tinham surgido e desaparecido no Egito em época muito remota, quase não havendo lembranças deles, e que os processos de Mesmer[**] eram, na verdade, truques desprezíveis se comparados com os verdadeiros milagres dos sábios tebanos, que produziam piolhos e muitas outras coisas semelhantes.

Neste ponto, perguntei ao conde se seu povo era capaz de calcular os eclipses. Ele sorriu, com certo desdém, e respondeu-me que sim.

Fiquei um tanto perturbado, mas comecei a fazer outras perguntas sobre conhecimento astronômico dos egípcios, quando do um membro do grupo, que se mantivera calado até então, cochichou ao meu ouvido que, para informações desse tipo, eu faria melhor se consultasse Ptolomeu[***] (seja quem for esse tal de Ptolomeu) e um certo Plutarco[****], na obra *De facie lunae* (Sobre a aparência da Lua).

Interroguei então a múmia a respeito de espelhos ardentes, lentes e sobre a manufatura de vidro em geral, mas ainda não acabara de formular as perguntas quando de novo o membro si-

---

[*] Franz Joseph Gall (1758-1828), médico alemão, criador da frenologia (ou cranioscopia), estudo das funções cerebrais, e de suas localizações, segundo a forma exterior do crânio. Johann Kaspar Spurzheim (1776-1832), médico alemão. Discípulo de Gall, ensinou um sistema diferente de frenologia. (N.E.)

[**] Franz ou Friedrich Anton Mesmer (1734-1815), médico austríaco, desenvolveu a teoria do magnetismo animal e devotou-se à cura de doenças, em Paris, tendo sido denunciado como impostor. (N.E.)

[***] Ptolomeu (séc. II d.C.), astrônomo, matemático, físico e geógrafo grego de Alexandria (Egito), autor, entre outras obras, do *Almagesto* (composição matemática), em que expõe o sistema geocêntrico, segundo o qual a Terra ocupa o centro do universo, e o Sol, planetas e estrelas giram em torno dela. (N.E.)

[****] Plutarco (séc. I d.C.), biógrafo e moralista grego, autor das *Vidas paralelas e de Obras morais*. (N.E.)

lencioso do grupo me acotovelou e pediu, pelo amor de Deus, que eu consultasse Diodorus Siculus*. Quanto ao conde, ele simplesmente me perguntou, à guisa de resposta, se nós, modernos, tínhamos microscópios que nos permitissem cortar camafeus no estilo dos egípcios. Enquanto eu pensava como responder-lhe, o pequeno dr. Ponnonner se pôs a falar de maneira extraordinária.

— Olhe a nossa arquitetura! — exclamou ele, para grande indignação dos dois viajantes, que beliscaram seu braço até ficar roxo, sem nenhum resultado.

— Veja — gritou ele entusiasmo — a Fonte Bowling-Green em Nova York! Ou, se isso for demais para os olhos, veja o Capitólio, em Washington, D.C.! — e o bom doutorzinho entrou em detalhes sobre as proporções do edifício mencionado, explicando que só o pórtico contava nada menos que 24 colunas, cada uma com um metro e meio de diâmetro e separadas uma da outra por três metros.

O conde lamentou-se por não conseguir lembrar, no momento, as dimensões exatas dos edifícios principais da cidade de Aznac, cuja fundação se perdia na noite dos tempos, mas cujas ruínas ainda estavam de pé, na época em que foi sepultado, numa vasta planície de areia a oeste de Tebas. Ele se lembrava, porém, a propósito de pórticos, de que um deles, pertencente a um palácio inferior num certo subúrbio chamado Carnac, tinha 144 colunas, cada uma com onze metros de circunferência e quase oito metros de intervalo entre elas. Vindo do Nilo, atingia-se esse pórtico por uma avenida com mais de três quilômetros de extensão, ornada com esfinges, estátuas e obeliscos de seis, dezoito e trinta metros de altura. O próprio palácio (se bem se lembrava), estendia-se, de um lado, por mais de três mil metros, totalizando uns onze mil metros mais ou menos de perímetro. As paredes eram inteira e ricamente pintadas, por dentro e por fora, com hieróglifos. Não tinha a pretensão de **afirmar** que cinquenta ou sessenta dos Capitólios do doutor podiam ser construídos no interior dessas paredes, mas não achava impossível que duzentos ou trezentos deles fossem comprimidos lá dentro. Afinal de contas, esse palácio em Carnac não passava de um insignificante edificiozinho.

---

* Diodorus Siculus ou Diodoro da Sicília (séc. I a.C.), historiador grego, autor da *Biblioteca histórica*, em 40 livros. (N.E.)

Ele (o conde), no entanto, não podia em sã consciência deixar de admitir a engenhosidade, magnificência e superioridade da Fonte do Bowling-Green, descrita pelo doutor. Nada de semelhante, era forçado a admitir, jamais havia sido visto no Egito ou em qualquer outra parte.

Nesse ponto, perguntei ao conde o que tinha a dizer de nossas estradas de ferro.

— Nada em particular — respondeu ele. Eram frágeis, muito mal projetadas e desajeitadamente construídas. Não podiam ser comparadas, é claro, com as estradas vastas, planas, retas e com caneluras de ferro sobre as quais os egípcios conduziam templos inteiros e obeliscos maciços de quase cinquenta metros de altura.

Falei de nossas gigantescas forças mecânicas.

Ele admitiu que conhecíamos alguma coisa a respeito, mas me perguntou como eu faria para levantar as vigas de sustentação do menor dos palácios de Carnac.

Achei melhor não escutá-lo, e perguntei-lhe se conhecia poços artesianos. Ele se limitou a erguer as sobrancelhas, enquanto o sr. Gliddon piscava com força, dizendo-me, baixinho, que recentemente um fora descoberto pelos engenheiros encarregados de localizar mananciais no Grande Oásis.

Mencionei então nosso aço, mas o estrangeiro empinou o nariz e me perguntou se nosso aço conseguiria executar o preciso trabalho de entalhe que se pode ver nos obeliscos, inteiramente realizado com ferramentas cortantes de cobre.

Isso nos desconcertou tanto que julgamos mais aconselhável mudar o ataque para a Metafísica. Mandamos buscar um exemplar do livro intitulado *Relógio de Sol* e lemos em voz alta um ou dois capítulos sobre um assunto pouco claro, mas que os moradores de Boston chamam de Grande Movimento do Progresso.

O conde disse apenas que, em sua época, Grandes Movimentos eram acidentes muito comuns e que, no caso do Progresso, chegou a causar bastante incômodo, mas nunca progredira.

Falamos-lhe então da grande beleza e importância da Democracia, empenhando-nos por impressioná-lo com as vantagens obtidas pelo fato de o voto ser livre e não haver rei.

Ele ouviu com visível interesse e, de fato, pareceu até se divertir. Quando terminamos, contou-nos que, muito tempo atrás, tinha ocorrido algo semelhante. Treze províncias egípcias decidiram ao mesmo tempo libertar-se e servir, desse modo, como magnífico exemplo para o resto da humanidade. Reuniram seus sábios e elaboraram a mais engenhosa constituição que se pode imaginar. Por algum tempo as coisas correram incrivelmente bem, provocando entre eles o prodigioso hábito de se vangloriarem. O caso terminou, porém, com esses treze estados, junto com outros quinze ou vinte, consolidando o mais odioso e insuportável despotismo de que já se ouviu falar sobre a face da Terra.

Perguntei o nome do tirano usurpador.

Se não lhe falhava a memória, o nome era Ralé.

Sem saber como responder a isso, levantei a voz e lamentei que os egípcios ignorassem o uso do vapor.

O conde olhou-me muito surpreso, mas nada respondeu. O cavalheiro silencioso, no entanto, me deu violenta cotovelada nas costelas, dizendo que eu já me comprometera bastante e perguntando se minha ignorância chegava a ponto de não saber que a moderna máquina a vapor se inspirara na invenção de Hierão, através de Salomon de Caus*.

Corríamos agora o risco iminente de ser derrotados, mas quis a boa sorte que o dr. Ponnonner se recuperasse, vindo em nosso auxílio e perguntando se o povo do Egito pretendia seriamente rivalizar com os modernos na questão muito importante da vestimenta.

Diante disso, o conde olhou para as alças das calças, depois pegou a ponta de uma das abas do casaco, examinando-a de perto por alguns minutos. Soltou-a, finalmente, e sua boca gradualmente se abriu de orelha a orelha, mas não me lembro se deu alguma resposta.

Com isso, tornamos a nos animar, e o doutor, dirigindo-se à múmia com grande dignidade, pediu que ela dissesse francamente, pela sua honra de cavalheiro, se os egípcios tinham, em **qualquer** época, dominado a manufatura das pastilhas de Ponnonner ou das pílulas de Brandreth**.

Esperamos a resposta com profunda ansiedade, mas foi em vão. Ela não viria nunca. O egípcio ficou muito vermelho e bai-

---

* Hierão de Alexandria (séc. III d.C.), cientista grego. Salomon de Caus (1576?-1626), sábio francês. (N.E.)
** Pílulas vegetais ou universais de Brandreth, usadas como purgativo. (N.E.)

xou a cabeça. Nunca se viu triunfo mais completo, nem derrota sofrida com mais despeito. Na verdade, não pude suportar o espetáculo de mortificação da pobre múmia. Peguei meu chapéu, cumprimentei secamente e sai.

Ao chegar a casa, vi que passavam das quatro horas da manhã e fui imediatamente para a cama. São agora dez horas e estou de pé desde as sete, redigindo este memorando para o bem de minha família e de toda a humanidade. Quanto à primeira, jamais a tornarei a ver. Minha esposa é uma megera. A verdade é que estou profundamente enojado desta vida e do século XIX em geral. Estou convencido de que tudo está errado. Além disso, estou ansioso para saber quem vai ser presidente em 2045. Portanto, assim que fizer a barba e tomar o café, irei ao consultório de Ponnonner para ser embalsamado por uns duzentos anos.

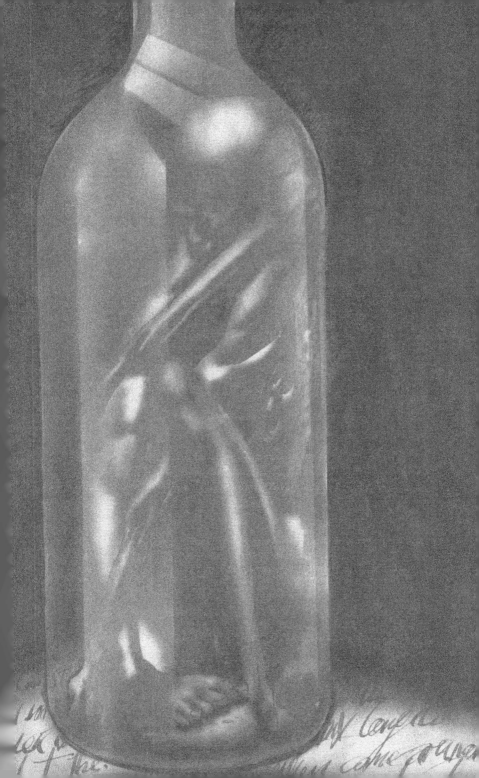

MANUSCRITO ENCONTRADO NUMA GARRAFA*

*Qui n'a plus qu'un moment à vivre
N'a plus rien à dissimuler**.*

Quinault — Atys

De meu país e de minha família tenho pouco a dizer. Maus-tratos e o passar dos anos me afastaram daquele e fizeram de mim um estranho para esta. Uma rica herança me permitiu adquirir educação acima do comum, e uma tendência contemplativa possibilitou-me organizar o saber que acumulara desde cedo em meus estudos. Acima de tudo, as obras dos moralistas alemães me davam grande prazer, não porque insensatamente admirasse sua eloquente loucura, mas pela facilidade com que meu hábito de rigorosa reflexão me ensejava descobrir seus erros. Fui muitas vezes censurado pela aspereza do meu gênio; acusaram-me, como se fosse crime, de falta de imaginação; sempre foi notória a extremada teimosia de minhas opiniões. Na verdade, receio que meu gosto pela filosofia física impregnou minha mente com um erro muito comum nestes tempos. Refiro-me ao hábito de relacionar os fatos, até mesmo os menos próprios para essa relação, com os princípios daquela ciência. Em geral, ninguém poderia estar menos sujeito do que eu a ser desviado dos rigorosos limites da verdade pelos fogos-fátuos da superstição. Achei que seria apropriado explicar isso tudo, por temer que a incrível história que vou contar fosse considerada como o delírio de uma imaginação grosseira e não como a experiência real de um espírito para o qual os voos de imaginação foram sempre letra morta, sem valor.

Depois de viajar muitos anos pelo exterior, no ano de 18... embarquei no porto de Batávia, na rica e populosa ilha de Java,

---

* Título original: "Manuscript found in a bottle". (N.E.)
** "Quem está com as horas contadas, nada mais tem para esconder." (N.T.)

para uma viagem pelas ilhas do arquipélago de Sonda. Fui como passageiro, levado apenas por uma espécie de nervosa inquietação que me perseguia como um demônio.

Nosso barco era um belo navio de cerca de quatrocentas toneladas, todo guarnecido com cobre e construído em Bombaim com teca de Malabar. Levava um carregamento de algodão e óleo proveniente das Ilhas Laquedivas. Tínhamos a bordo também fibras de coco, açúcar-mascavo, manteiga de leite de búfala, cocos e algumas caixas de ópio. A armazenagem tinha sido malfeita e, por isso, o barco adernava.

Partimos com uma simples aragem e, durante muitos dias, seguimos ao longo da costa oriental de Java, sem qualquer incidente para quebrar a monotonia de nossa rota, a não ser o encontro ocasional com alguns barcos costeiros do arquipélago para onde íamos.

Certa tarde, debruçado no corrimão da popa, observei uma nuvem isolada e muito estranha, a noroeste. Distinguia-se tanto por sua cor como por ser a primeira que víamos desde a partida de Batávia. Examinei-a atentamente até o pôr do sol, quando ela então, de repente, se espalhou para leste e oeste, rodeando o horizonte com uma estreita faixa de vapor, que parecia a linha alongada de uma praia baixa. Logo depois, a cor avermelhada da lua e o aspecto estranho do mar atraíram minha atenção. A água passava por rápida transformação, parecendo mais transparente do que o habitual. Apesar de enxergar claramente o fundo, ao jogar a sonda descobri que a profundidade alcançava quase trinta metros. O ar tornou-se, então, insuportavelmente quente e saturado de vapores, semelhantes aos que sobem, espiralados, de um pedaço de ferro quente. Quando caiu a noite, a brisa extinguiu-se de todo, sendo impossível imaginar calmaria maior. A chama de uma vela queimava na popa sem mostrar o menor movimento, e um fio de cabelo comprido, seguro entre o indicador e o polegar, pendia sem que se pudesse ver a menor vibração. Mas, como o capitão disse que não percebia qualquer indicação de perigo e como o navio seguia, à deriva, em direção da terra, mandou recolher as velas e soltar âncora. Não se colocou nenhum vigia, e a tripulação, composta principalmente de malaios, estendeu-se à vontade pelo convés. Desci, sem poder evitar o pressentimento de desgraça. Na verdade, tudo parecia confirmar minha suspeita

79

de um furacão. Falei de meus temores ao capitão, mas ele não prestou a menor atenção nem se dignou me responder. Minha inquietação, porém, não me deixava dormir e, por volta da meia--noite, subi ao convés. Assim que coloquei o pé no último degrau da escada do tombadilho, fui surpreendido por um zunido muito forte, semelhante ao de uma roda de moinho que gira rapidamente, e, antes que eu pudesse entender o que aquilo significava, senti que o navio estremecia, sacudindo violentamente. Logo em seguida, um imenso vagalhão fez o barco adernar perigosamente e, avançando sobre nós, varreu o convés inteiro da proa à popa.

A extrema fúria do furacão acabou sendo, em grande parte, a salvação do navio. Apesar de completamente inundado, como os mastros tinham caído no mar ele se aprumou pesadamente, depois de instantes, e, oscilando um pouco sob a imensa pressão da tempestade, acabou por se endireitar.

Escapei da morte inexplicavelmente por verdadeiro milagre. Atordoado pelo choque da água, achei-me, ao me recuperar, espremido entre o cadaste da popa e o leme. Com grande dificuldade consegui ficar de pé e ao olhar em volta, meio tonto, tive a impressão de que estávamos em meio de ondas de rebentação, tão terrível e inacreditável era o redemoinho de águas revoltas e espumejantes no qual estávamos mergulhados. Depois de algum tempo, ouvi a voz de um velho sueco que embarcara no momento da partida. Gritei para ele com todas as forças, e afinal ele veio ao meu encontro, cambaleante. Logo descobrimos que não havia outros sobreviventes do acidente. Com exceção de nós, todos, no convés, tinham sido varridos para o mar. O capitão e os marinheiros devem ter morrido durante o sono, com o dilúvio que inundou as cabinas. Sem ajuda, pouco podíamos fazer para salvar o barco, e nossos esforços foram, a principio, paralisados pela impressão de que iríamos afundar. O cabo da âncora, é claro, arrebentara como um barbante com o primeiro sopro do furacão, do contrário teríamos submergido na mesma hora. O barco deslizava pelo mar com velocidade incrível, e as águas formavam ondas que atingiam enorme altura. A estrutura da popa estava abalada demais e, sob quase todos os aspectos, tínhamos sofrido grandes danos. Mas, para nossa grande alegria, descobrimos que as bombas continuavam funcionando e que nossa estabilidade não havia sido muito afetada. A fúria maior da tempestade já passara, e sentimos que a violência do vento não seria mais tão perigosa, mas era desanimador pensar que ele cessaria de vez, crentes de que, nas condições em que estávamos, inevitavelmente pereceríamos na tremenda ressaca que viria em seguida. Mas essa preocupação muito justificada não se confirmaria logo. Durante cinco dias e noites inteiras (em que nosso único alimento foi um pouco de açúcar-mascavo, conseguido com grande dificuldade no castelo de proa), o navio deslizou a uma velocidade impossível de medir, empurrado por uma série de rajadas de vento muito fortes que, apesar de não terem a violência do primeiro furacão, eram ainda mais terríveis que qualquer tempestade por mim presenciada. Nosso rumo, nos quatro primeiros dias, foi, com ligeiras variações, sudeste e sul, passando pela costa da Nova Holanda*. No quinto dia o frio tornou-se intenso, embora o vento soprasse em direção mais para o norte. O sol apareceu com um brilho amarelado e doentio e subiu poucos graus acima do horizonte, emitindo luz fraca. Não se via nenhuma nuvem, mas o vento aumentava, com fúria irregular e caprichosa. Por volta do meio-dia, segundo cálculos precários, o aspecto do sol atraiu mais uma vez nossa atenção. Não projetava luz de verdade, mas só uma claridade opaca e tristonha, sem reflexos, como se todos os seus raios estivessem polarizados. Pouco antes de mergulhar no mar grosso, suas chamas centrais de repente se extinguiram, como se tivessem sido apagadas subitamente por alguma força inexplicável. Não era mais do que uma borla prateada e turva quando mergulhou no insondável oceano.

Aguardamos em vão a chegada do sexto dia, mas esse dia para mim ainda não chegou e para o sueco nunca chegará. Daí em diante, fomos envolvidos pelo negrume de tamanha escuridão que não podíamos ver objeto algum a vinte passos do navio. A noite eterna continuou a nos cobrir, sem ser atenuada nem pelo brilho fosforescente do mar a que nos acostumáramos nos trópicos. Observamos também que, apesar de a tempestade continuar com incansável violência, não se percebia mais a formação normal de ondas e de espuma que tinha nos acompanhado até então. Tudo em volta era horror e sombra espessa e um negro e sufocante deserto de ébano. Terrores supersticiosos foram pouco a pouco penetrando no espírito do velho sueco, e minha própria alma se abismava num assombro silencioso. Abandonamos todos os cuidados com o na-

---

* Atual Austrália. (N.E.)

vio por nos parecerem inúteis e, prendendo-nos o melhor possível ao resto do mastro de mezena, ficamos olhando amargamente a vastidão do oceano. Era impossível calcular as horas ou adivinhar nossa localização. Mas tínhamos plena consciência de ter avançado para o sul mais do que qualquer outro navegante, e causou-nos muita surpresa o fato de não encontrar as habituais barreiras de gelo. Entrementes, cada momento ameaçava ser o último que nos restava, cada onda gigantesca a última que nos envolveria. A ressaca superava tudo o que eu jamais imaginei possível, e só não fomos logo sepultados por milagre. Meu companheiro comentou que nossa carga era leve e lembrou a excelente qualidade do navio, mas eu não conseguia deixar de sentir a profunda inutilidade de qualquer esperança e preparei-me sombriamente para a morte que nada poderia deter por mais de uma hora, pois quanto mais o navio avançava, maiores se tornavam as ondas negras e aterradoras. Às vezes faltava-nos o fôlego a uma altitude maior que a do voo do albatroz; outras vezes ficávamos tontos com a velocidade de nossa queda para algum inferno líquido, onde o ar se mantinha estagnado e nenhum som perturbava o sono dos monstros marinhos.

Estávamos no fundo de um desses abismos quando um grito agudo de meu companheiro rasgou a noite, aterradoramente.

— Olhe! Olhe! — berrou em meus ouvidos. — Deus Todo-poderoso! Olhe! Olhe!

Quando ele falou, percebi o brilho sombrio e ameaçador de uma luz vermelha que fluía dos lados do vasto abismo onde estávamos, lançando um reflexo irregular em nosso convés. Olhando para cima, dei com um espetáculo que gelou meu sangue nas veias. A uma altura terrível, diretamente acima de nós e bem no alto da montanha de água, flutuava um gigantesco navio, de talvez quatro mil toneladas. Embora suspenso no topo de uma onda com mais de cem vezes sua própria altura, seu tamanho parecia maior que o de qualquer navio da Companhia das Índias Orientais* . O imenso casco tinha cor pardacenta, que não era alterada por nenhum daqueles ornamentos costumeiros em navios. Pelas vigias abertas podia-se ver uma fila única de canhões de bronze, em

---

* Companhia das Índias Orientais: Nome de várias companhias comerciais, que detiveram o monopólio do comércio com o Oriente, além de poder militar e administrativo. A mais importante foi a companhia inglesa, criada em 1600 e extinta em 1883. (N.E.)

cujas superfícies polidas se refletia a luz de inúmeras lanternas de combate que oscilavam presas ao cordame. Mas o que mais nos aterrorizou e assombrou foi o fato de que ele avançava com as velas desfraldadas nesse mar sobrenatural, em meio de um furacão incontrolável. A princípio víamos apenas a proa, enquanto o navio se erguia lentamente do sombrio e horrível precipício que havia atrás. Durante um momento de intenso terror, ele pairou sobre o pico vertiginoso, como se estivesse contemplando o próprio feito estupendo; depois, estremeceu, oscilou... e veio abaixo. Nesse momento, não sei explicar a súbita serenidade que se apossou de meu espírito. Recuando o mais que pude para a popa, aguardei sem medo o desastre iminente. Nosso navio finalmente entregava os pontos e começava a afundar de proa. O choque da massa que descia nos atingiu justamente na parte da estrutura que estava submersa; como resultado inevitável, fui jogado, com irresistível violência, sobre o cordame do estranho navio.

Quando caí, o navio girou de bordo e prosseguiu. Só a confusão reinante pode explicar o fato de eu não ter sido notado pela tripulação quando me dirigi, sem muita dificuldade, até a escotilha principal, que estava meio aberta, e logo consegui esconder-me no porão. Não sei dizer por que agi assim. Um indefinido sentimento de temor, que tomou conta de mim logo que avistei os marinheiros do navio, foi talvez a causa disso. Não estava disposto a confiar minha sorte a uma gente que, à primeira vista, apresentava tantos sinais de vago mistério, de dúvida e desconfiança. Achei melhor, portanto, encontrar um esconderijo no porão. Para isso, arranquei algumas pranchas do chão, abrindo um espaço que me ocultasse de modo seguro entre as grandes vigas do navio.

Mal tinha acabado de fazê-lo, quando ouvi passos no porão, o que me forçou a usar o abrigo. Um homem passou perto de mim com andar incerto e fraco. Não vi seu rosto, mas tive oportunidade de observar sua aparência geral. Apresentava sinais evidentes de muita idade e doença. Seus joelhos dobravam com o peso dos anos e todo o corpo tremia sob aquela carga. Resmungava para si mesmo, em voz baixa e entrecortada, palavras num idioma que eu não conseguia entender, ao se dirigir até um canto, tateando uma pilha de estranhos instrumentos e mapas de navegação deteriorados. Havia, em sua atitude, uma estranha mistura de rabugice da segunda infância com a solene dignidade de um deus. Por fim subiu para o convés e não o vi mais.

* * *

Um sentimento, para o qual não tenho palavras, tomou conta de minha alma, uma sensação que foge a qualquer análise, que as lições do passado não servem para explicar e para a qual temo que o próprio futuro não ofereça nenhuma chave. Para um espírito como o meu, este último pensamento é um suplício. Não devo nunca — sei que nunca deverei — contentar-me quanto à natureza de minhas ideias. No entanto, não é de estranhar que essas ideias sejam indefinidas, visto que brotam de fontes inteiramente novas. Um novo sentimento, uma nova entidade incorporou-se à minha alma.

* * *

Faz muito tempo que pisei pela primeira vez o convés deste terrível navio, e os raios de meu destino começam, segundo penso, a concentrar-se num único foco. Que homens incompreensíveis! Engomados em meditações cuja natureza não consigo adivinhar, passam por mim sem me ver. É tolice esconder-me, pois essa gente **não quer** ver. Agora mesmo passei diante dos olhos do imediato. Não faz muito tempo, ousei entrar na própria cabina privada do capitão, retirando de lá o material com que escrevo, com que escrevi até agora. De tempos em tempos, darei sequência a este diário. Provavelmente não me será possível transmiti-lo ao mundo, mas não vou deixar de esforçar-me para que isso aconteça. No último momento, lançarei ao mar o manuscrito numa garrafa.

* * *

Um incidente ocorrido me deu novo motivo para meditação. Serão tais coisas devidas a pura casualidade? Havia subido ao convés e me atirara, sem atrair qualquer atenção, sobre uma pilha de escadas de corda e velame desgastado que se achavam no fundo de um escaler. Enquanto refletia em meu estranho destino, inconscientemente ia passando uma brocha com piche nos cantos de uma vela cuidadosamente dobrada que estava perto de mim, numa barrica. Essa vela está agora içada no alto do navio e as pinceladas descuidadas formam a palavra DESCOBRIMENTO.

* * *

Ultimamente tenho analisado a estrutura do navio. Apesar de bem armado, creio que não é um navio de guerra. Seu cordame, construção e equipamento geral desmentem uma suposição desse tipo. O que ele **não é** pode ser facilmente percebido; mas temo que seja impossível dizer o que **é**. Não sei por que motivo — ao observar sua forma estranha e o modelo singular dos mastros, seu imenso tamanho e a coleção prodigiosa de velas, sua proa muito simples e a popa antiquada — às vezes tenho a súbita sensação de estar diante de algo familiar, misturando-se a estas vagas e imprecisas lembranças a inexplicável recordação de antigas crônicas estrangeiras e de épocas muito remotas.

Estive examinando o madeirame do navio. Foi construído com material desconhecido para mim. Fiquei surpreso com uma característica singular da madeira, que a torna inadequada para o uso atual. Refiro-me a sua extrema **porosidade**, sem contar o fato de estar roída por bichos — consequência de navegar por estes mares — e de ter apodrecido com o passar do tempo. Pode parecer, talvez, observação um tanto estranha, mas essa madeira teria todas as características do carvalho espanhol, se é que o carvalho espanhol pode inchar por algum meio artificial.

Ao ler a sentença acima, lembrei-me do curioso aforisma de um velho lobo do mar holandês. Quando se levantava alguma dúvida em relação a suas histórias, conta-se que ele dizia:

— É tão verdade, como é verdade que existe um mar onde o próprio navio aumenta de volume, como o corpo vivo de um marinheiro.

* * *

Há cerca de uma hora, cometi a ousadia de misturar-me a um grupo de marinheiros. Não me deram qualquer atenção e, apesar de eu estar bem no meio deles, pareciam inteiramente inconscientes de minha presença. Assim como aquele que vi no porão, todos trazem as marcas de avançada idade. Seus joelhos tremem, inseguros; os ombros se dobram, decrépitos; a pele enrugada crepita ao vento; as vozes são baixas, trêmulas e roucas; nos olhos brilham lágrimas senis, e os cabelos grisalhos esvoaçam horrivelmente na tempestade. Em torno deles, por todo o convés, espalham-se instrumentos matemáticos do aspecto mais estranho e obsoleto.

* * *

Mencionei há pouco que foi içada a vela suplementar. Desde então o navio, impelido em cheio pelo vento, continuou seu terrível curso para o sul, com todos os farrapos de velas enfunados, desde as principais até as auxiliares e suplementares, que roçavam a todo momento pelo mais aterrorizador inferno de água que a imaginação possa conceber. Acabei de descer do convés, onde é impossível ficar em pé, embora a tripulação pareça não sentir qualquer inconveniente. Considero o milagre dos milagres que nosso enorme casco não seja logo tragado para sempre. Com toda a certeza estamos condenados a pairar nas bordas da eternidade, sem nunca dar o mergulho final no abismo. Desviávamos com a facilidade de uma gaivota de vagas mil vezes mais estupendas do que qualquer uma que já vi. E as águas colossais empinam suas cabeças sobre nós como demônios do abismo, mas demônios limitados a simples ameaças, proibidos de destruir. Sou forçado a atribuir esse permanente escapar à única causa natural que poderia produzir esse efeito. Penso que o navio está sendo levado por alguma forte corrente ou ressaca impetuosa.

* * *

Acabo de ver o capitão, cara a cara, em sua própria cabina, mas, conforme já esperava, não me deu a menor atenção. Apesar de nada haver em sua aparência, para o observador casual, que possa ser considerado superior ou inferior à de um humano, o temor e a incontida reverência que senti ao vê-lo misturavam-se à sensação de assombro. Tem quase minha estatura, ou seja, cerca de um metro e setenta, o corpo sólido e bem constituído, nem robusto, nem franzino. Mas é a expressão singular que domina seu rosto, é a intensa, maravilhosa, impressionante evidência de extrema e absoluta velhice que desperta em meu espírito um sentimento... um sentimento inefável. Sua testa, ainda que pouco enrugada, parece trazer a marca de uma miríade de anos. O cabelo grisalho é como que um arquivo do passado, e os olhos ainda mais cinzentos são as sibilas* do futuro. O chão da cabina está coberto de livros in-fólio com fechos de ferro, antiquados instrumentos científicos e mapas marítimos obsoletos e há muito esquecidos. Tinha a cabeça apoiada nas mãos e fixava, com olhos inquietos e penetrantes, um pedaço de papel que me parecia ser uma nomeação e que, indubitavelmente, continha a assinatura de algum rei. Murmurava consigo mesmo, igual ao primeiro marinheiro que vi no porão, sílabas de uma língua estrangeira em tom baixo e irritado e, apesar de estar ao meu lado, sua voz parecia chegar a meus ouvidos de uma distancia de quilômetros.

* * *

Tanto o navio como tudo o que existe nele estão saturados do espírito de antigos tempos. A tripulação desliza de um lado para outro como fantasmas de séculos extintos. Trazem nos olhos um ar ansioso e inquieto e, quando passam por mim e a luz crua das lanternas ilumina suas mãos, sinto algo como jamais senti, embora tenha sido, durante toda a minha vida, um comerciante de antiguidades, e me haja embebido das sombras das colunas em ruínas de Balbec, Tadmor e Persépolis** , por tanto tempo que minha própria alma se transformou em ruína.

* * *

Quando lanço o olhar em torno, envergonho-me de meus temores passados. Se tremi diante do vento que até aqui nos açoitou, não deveria ficar apavorado com a luta entre a tempestade e o oceano, diante da qual as palavras ciclone e tufão se tornam triviais e inexpressivas? Tudo em volta do navio é negro como as trevas da noite eterna, em meio a um caos de águas sem espuma. Mas, a cerca de uma légua, em cada lado do navio pode-se ver indistintamente, a intervalos, estupendas montanhas de gelo que se erguem qual torres para o céu desolado, como se fossem as muralhas do universo.

---

* **Sibilas**: Profetisas da Antiguidade. (N.E.)
** **Balbec**: Antiga cidade situada no Líbano atual; **Tadmor**, ou Palmira: Cidade construída por Salomão, na Síria; **Persépolis**: Antiga capital da Pérsia. (N.E.)

Como eu tinha imaginado, uma corrente marítima impele o navio, se é que assim se pode designar adequadamente uma onda que, fugindo e uivando pelo alvo gelo, reboa em direção ao sul com velocidade igual à da queda vertiginosa de uma catarata.

* * *

É absolutamente impossível imaginar o horror por que passei; no entanto, a curiosidade de penetrar os mistérios dessas espantosas regiões é mais forte que meu desespero e capaz de me reconciliar com o hediondo aspecto da morte. É evidente que corremos na direção de algum descobrimento excitante, para algum segredo que nunca será revelado, cujo conhecimento significa destruição. Talvez esta corrente nos leve até o próprio Polo Sul. É preciso confessar que tal suposição, aparentemente tão fantástica, tem todas as probabilidades a seu favor.

* * *

A tripulação anda pelo convés com passos inquietos e trêmulos; mas em seus semblantes há alguma coisa mais próxima da ansiedade da esperança do que da apatia do desespero.

Enquanto isso, o vento sopra ainda pela popa e, como navegamos com todas as velas enfunadas, o navio por vezes é fisicamente suspenso acima das águas! Oh, horror dos horrores! O gelo se abre de repente à direita e à esquerda e rodopiamos vertiginosamente em imensos círculos concêntricos, em torno das bordas de um gigantesco anfiteatro, cujos muros se perdem no alto da escuridão e da distância. Mas pouco tempo me resta para pensar em meu destino! Os círculos cada vez se estreitam mais... estamos mergulhando loucamente nas garras de um redemoinho... em meio ao rugido, bramido e trovejar do oceano e da tempestade, o navio estremece... oh, meu Deus!... e começa a afundar!

O "Manuscrito encontrado numa garrafa" foi originalmente publicado em 1831; só muitos anos depois foi que tomei conhecimento dos mapas de Mercator, nos quais se vê o oceano desaguar, por quatro bocas, no abismo do Golfo Polar (setentrional), sendo tragado pelas entranhas da terra; o próprio Polo é representado por uma rocha negra, que se eleva a uma altura prodigiosa. (N.A.)

O GATO NEGRO*

Não espero nem peço que acreditem na narrativa tão estranha e ainda assim tão doméstica que estou começando a escrever. Louco, de fato, eu seria se esperasse por isso, num caso em que até meus sentidos rejeitam seu próprio testemunho. No entanto, louco eu não sou — e com toda a certeza não estou sonhando. Mas se morro amanhã, hoje alivio minha alma. Meu objetivo imediato é apresentar ao mundo, sucintamente e sem comentários, uma série de eventos meramente domésticos. Em suas consequências, tais fatos aterrorizaram — torturaram — destruíram minha pessoa. No entanto, não vou tentar explicá-los. Para mim, representaram apenas horror — para muitos vão parecer menos terríveis do que barrocos. No futuro, talvez, algum intelecto será capaz de reduzir meu fantasma ao lugar--comum — algum intelecto mais calmo, mais lógico e muito menos excitável que o meu, que vai perceber, nas circunstâncias que detalho com pasmo, nada mais que uma sucessão habitual de causas e efeitos muito naturais.

Desde a infância me destaquei pela docilidade e humanidade de meu temperamento. Minha ternura de coração chegava a ser tão aparente a ponto de fazer de mim o objeto de caçoada de meus companheiros. Gostava especialmente de animais, e meus pais me permitiam ter grande variedade de bichos. Com eles passava a maior parte do tempo. Nada me deixava mais contente do que lhes dar comida e carinho. Essa peculiaridade de caráter aumentou com meu crescimento e, já adulto, constituía uma de minhas principais fontes de prazer. Para aqueles que já gozaram o afeto de um fiel e sagaz cachorro, dificilmente precisarei me dar ao trabalho de explicar a natureza ou a intensidade da gratificação que assim se recebe. Existe alguma coisa no amor generoso e abnegado de um irracional que vai direto ao coração daquele que tem ocasião frequente de testar a reles amizade e débil fidelidade do mero **Ser Humano**.

---

* Título original: "Black cat". (N.E.)

Casei cedo e fiquei feliz ao descobrir em minha mulher uma tendência nada incompatível com a minha. Notando minha predileção por animais domésticos, ela não perdia oportunidade de me trazer os de tipo mais agradável. Tínhamos passarinhos, peixes dourados, um belo cachorro, coelhos, um macaquinho e um **gato**.

Este último era um animal excepcionalmente grande e bonito, todo negro, e inteligente a um grau surpreendente. Ao falar de sua inteligência, minha mulher, que no fundo não era nada tocada pela superstição, mencionava frequentemente a crença popular que considera todos os gatos negros como bruxas disfarçadas. Não que ela jamais falasse **a sério** sobre isso — e se chego a mencionar o assunto é só porque me aconteceu, agora mesmo, lembrar disso.

Pluto — esse era o nome do gato — era meu bicho e companheiro de brincadeiras favorito. Só eu lhe dava comida, e estava a meu lado aonde quer que eu fosse pela casa. Tinha até dificuldade em evitar que me seguisse pelas ruas.

Nossa amizade durou, dessa maneira, por vários anos, durante os quais meu temperamento e caráter gerais — por obra do demônio da Intemperança — passou (me envergonho de contar) por uma radical alteração para o pior. Dia a dia, eu ficava mais mal-humorado, mais irritável, mais desconsiderado com os sentimentos dos outros. Chegava a usar linguagem imoderada com minha mulher. Com o tempo, cheguei a usar de violência pessoal com ela. Meus bichos, é claro, sentiram a mudança em meu temperamento. Eu não só negligenciava, eu os maltratava. Com Pluto, porém, ainda guardava suficiente consideração para evitar quaisquer maus-tratos, apesar de não ter o menor escrúpulo de espancar os coelhos, o macaco ou até mesmo o cachorro quando, por acaso ou por afeto, cruzavam meu caminho. Mas a doença foi crescendo dentro de mim — pois que doença se iguala ao álcool? — e com o tempo até Pluto, que estava agora ficando velho e consequentemente um tanto irritadiço — até mesmo Pluto começou a sentir os efeitos de meu mau humor.

Uma noite, ao voltar para casa, muito embriagado, de uma de minhas rondas pela cidade, achei que o gato estava evitando minha presença. Agarrei-o e então ele, assustado com essa violência, fez um pequeno ferimento com os dentes em minha mão.

A fúria de um demônio imediatamente me possuiu. Não sabia mais quem era. Minha alma original parecia, de repente, ter fugido do meu corpo; e uma maldade mais que demoníaca, alimentada pelo gim, percorreu cada fibra de meu ser. Tirei do bolso do colete um canivete, abri, agarrei o pobre animal pelo pescoço e, decidido, arranquei um de seus olhos da órbita! Fico vermelho, queimo, estremeço ao descrever essa atrocidade danada.

Quando a razão retornou com a manhã — tendo já eliminado no sono os vapores do deboche da noite — experimentei um sentimento meio de horror, meio de remorso, pelo crime do qual era culpado; mas era, quando muito, um sentimento fraco e equívoco, e a alma permaneceu intocada. Mergulhei de novo no excesso e logo afoguei em vinho toda a lembrança do acontecido.

Enquanto isso o gato se recuperava devagar. A órbita do olho perdido apresentava, é verdade, aparência assustadora, mas ele não parecia mais sentir qualquer dor. Andava pela casa como sempre, mas, como era de se esperar, fugia em terror extremo ao me aproximar. Ainda me sobrava o suficiente do velho coração para me ofender, a princípio, com essa evidente antipatia por parte de uma criatura que antes tinha me amado tanto. Porém esse sentimento logo deu lugar à irritação. E surgiu então, como se para minha final e inelutável derrocada, o espírito da PERVERSIDADE. Desse espírito a filosofia não toma conhecimento. No entanto, assim como acredito que minha alma está viva, acredito também que a perversidade é um dos impulsos primitivos do coração humano — uma das faculdades, ou sentimentos, primárias e indivisíveis que dão a direção do caráter do Ser Humano. Quem já não se viu, centenas de vezes, cometendo uma ação vil ou estúpida, pela simples razão de saber que **não** deve? Não temos a perpétua tendência, apesar de nossa melhor consciência, de violar aquilo que é **Lei**, simplesmente porque sabemos que é lei? Esse espírito de perversidade, eu diria, provocou minha derrocada final. Foi esse insondável desejo da alma de **envergonhar a si mesma** — de violentar sua própria natureza — de fazer o mal apenas pelo mal — que me levou a continuar e finalmente consumar a injúria que infligi ao inocente animal. Certa manhã, a sangue-frio, passei um laço pelo seu pescoço e o enforquei no galho de uma árvore; — enforquei-o com lágrimas correndo dos olhos e com o mais amargo remorso em meu coração; —

enforquei-o **porque** sabia que ele me amara e **porque** sentia que não tinha me dado qualquer razão para ofensa; enforquei-o **porque** sabia que assim fazendo estava cometendo um pecado — um pecado mortal que ia comprometer tanto minha alma imortal que ela ficaria — se tal coisa fosse possível — além do alcance da misericórdia infinita do Mais Misericordioso e Mais Terrível Deus.

Na noite do dia em que cometi esse ato cruel, fui acordado do sono pelo rufar do fogo. O cortinado de minha cama estava em chamas. Toda a casa estava queimando. Foi com grande dificuldade que minha mulher, uma criada e eu próprio escapamos do incêndio. A destruição foi completa. Toda a minha riqueza terrena tinha sido tragada e daí em diante me resignei ao desespero.

Estou acima da fraqueza de buscar estabelecer uma relação de causa e efeito entre o desastre e a atrocidade. Mas estou detalhando uma sucessão de fatos — e não quero deixar imperfeito nenhum elo possível. No dia seguinte ao incêndio, fui visitar as ruínas. As paredes, com exceção de uma, tinham vindo abaixo. Essa exceção era uma parede divisória, não muito grossa, que ficava mais ou menos no centro da casa e na qual se encostava a cabeceira da cama. O reboco ali resistira, em grande parte, à ação do fogo — coisa que atribuí ao fato de ter sido aplicado recentemente. Em torno dessa parede se juntava uma densa multidão, e muitas pessoas pareciam estar examinando um ponto em particular com atenção muito minuciosa e aplicada. As palavras "estranho!", "esquisito!" e outras expressões similares despertaram minha curiosidade. Aproximando-me, vi, como que gravada em baixo-relevo na superfície branca, a figura de um **gato** gigantesco. A impressão que se tinha era de maravilhosa exatidão. Havia uma corda em volta do pescoço do animal.

Quando me deparei pela primeira vez com essa aparição — pois não podia considerar aquilo de outra forma — minha surpresa e terror foram extremos. Mas aos poucos a ponderação veio em meu auxílio. O gato, eu me lembrava, tinha sido enforcado num jardim ao lado da casa. Com o alarma do fogo, esse jardim tinha sido imediatamente tomado pela multidão — alguém dessa turba deve ter retirado o animal da árvore, jogando-o, pela janela aberta, para dentro de meu quarto. Isso foi feito, provavelmente, com a intenção de me despertar do sono. A queda das outras paredes comprimiu a vítima de minha crueldade no reboco aplicado havia pouco, cuja cal, junto com as chamas e o amoníaco da carcaça, produziu o retrato que eu enxergava.

Apesar de explicar assim prontamente à razão, se não à consciência, o surpreendente fato que acabei de descrever, ele não deixou de me causar profunda impressão. Por vários meses não consegui me livrar do fantasma do gato; e durante esse período retornou a meu espírito um quase sentimento, que parecia, mas não era, remorso. Cheguei até a lamentar a perda do animal e a procurar em torno de mim, nos antros miseráveis que agora frequentava habitualmente, outro animal da mesma espécie e de aparência um pouco semelhante, com que pudesse substituí-lo.

Sentado, uma noite, meio estupidificado, num antro mais que infame, minha atenção foi despertada por certo objeto negro, que repousava em cima de uma das imensas barricas de gim ou rum que constituía a mobília principal da sala. Eu olhava fixamente para o topo dessa barrica havia alguns minutos, e o que agora me surpreendia era o fato de não ter percebido antes o objeto que ali estava. Aproximei-me e toquei nele com a mão. Era um gato negro — muito grande — tão grande quanto Pluto e muito parecido com ele em todos os aspectos, menos um. Pluto não tinha sequer um pelo branco em nenhuma parte do corpo, mas este gato trazia uma grande mancha branca, apesar de indefinida, cobrindo quase toda a região do peito.

Ao meu toque ele se levantou imediatamente, ronronando alto, esfregou-se contra minha mão e pareceu deliciado com meu interesse. Era, portanto, exatamente a criatura que eu estava buscando. Na mesma hora propus comprar o gato ao proprietário, mas este disse que não era o dono — que não sabia nada dele — que nunca o tinha visto antes.

Continuei com os afagos e, quando me preparava para sair, o animal demonstrou vontade de me acompanhar. Deixei-o fazer isso, curvando-me e fazendo-lhe agrados enquanto andava. Ao chegarmos a casa domesticou-se depressa e imediatamente se tornou o grande favorito de minha mulher.

De minha parte, logo descobri que uma antipatia por ele crescia dentro de mim. Era justamente o contrário do que eu tinha imaginado; mas — não sei como, nem por quê — seu evidente carinho por mim me incomodava e aborrecia bastante. Muito gradualmente esses sentimentos de incômodo e aborrecimento desenvolveram o amargor do ódio. Eu evitava a criatura; mas certa sensação de vergonha e a lembrança do ato de crueldade anterior me impediam de violentar fisicamente o animal. Por algumas semanas, não bati nem agi violentamente com ele de nenhuma outra forma; mas gradualmente — muito gradualmente — passei a olhar para ele com indizível aversão e a fugir silenciosamente de sua odiosa presença, como do bafo da peste.

O que, sem dúvida, aumentou meu ódio pelo animal foi ter descoberto — na manhã que se seguiu à noite em que o havia trazido para casa — que, como Pluto, ele também tinha perdido um dos olhos. Esse falo, no entanto, só o tornava mais querido por minha mulher, que, como eu já disse, possuía em alto grau aquela humanidade de sentimento que um dia tinha sido traço característico meu e fonte de muitos de meus prazeres mais simples e mais puros.

A predileção desse animal por mim parecia aumentar, porém, na razão direta de minha aversão por ele. Seguia meus passos com uma insistência que dificilmente poderia fazer o leitor compreender. Toda vez que me sentava, ele se encolhia debaixo da cadeira ou pulava em meus joelhos, cobrindo-me com suas repugnantes carícias. Se me levantava para andar, ele se punha entre meus pés e assim quase me derrubava, ou então, enfiando as unhas compridas e afiadas em minha roupa, subia até meu peito. Nessas ocasiões, apesar de eu desejar acabar com ele num golpe, não me permitia fazer isso, em parte por causa da memória do crime anterior, mas principalmente — confesso logo — por causa de meu absoluto **pavor** do animal.

Esse pavor não era exatamente um pavor de mal físico — mas assim mesmo não seria capaz de defini-lo de outra forma. Tenho quase vergonha de reconhecer — é, até mesmo nesta cela de criminoso, tenho quase vergonha de admitir — que o terror e o horror que o animal me inspirava tinham sido aumentados por uma das fantasias mais simplórias que se pode conceber. Minha mulher me chamou a atenção, mais de uma vez, para o aspecto da mancha de pelo branco de que já falei e que era a única diferença visível entre o animal novo e aquele que eu tinha destruído. O leitor há de lembrar que essa marca, apesar de grande, originalmente era muito indefinida; mas bem gradualmente — de maneira quase imperceptível, e que por longo tempo minha mente batalhou por rejeitar como irreal — ela tinha, aos poucos, assumido uma rigorosa clareza de desenho. Era agora a representação de um objeto que estremeço ao dizer o nome — e por isso eu temia e detestava acima de tudo e teria me livrado do monstro **se tivesse a coragem** — ela era agora, vou dizer, a imagem de uma coisa medonha, apavorante — de uma FORCA!

— Oh, lamentável e terrível máquina de Horror e de Crime, de Agonia e Morte!

E agora eu me tornara de fato mais desgraçado que a desgraça de mera Humanidade. Um **animal irracional** — cujo semelhante eu desprezivelmente destruíra — um **animal irracional** tinha produzido **em mim** — em mim, um homem feito à imagem de Deus Superior — tanta aflição intolerável! Ai! nem de dia, nem de noite eu conhecia mais a bênção do descanso! Durante o primeiro a criatura não me deixava um momento sozinho e, durante a segunda, eu acordava de hora em hora de sonhos sobre um medo indizível de encontrar o hálito quente daquela coisa em meu rosto e seu grande peso — um pesadelo encarnado que eu não tinha a força de desfazer — pesando para sempre em meu **coração**!

Sob a pressão de tormentos como esses, os frágeis restos do bem sucumbiram dentro de mim. Maus pensamentos eram meus únicos companheiros — os mais sombrios e maldosos pensamentos. A instabilidade de meu temperamento usual se transformou numa raiva de tudo e de todos; e de meus repentinos, frequentes e incontroláveis ataques de uma fúria a que agora me abandonava cegamente, era minha mulher, ai!, a mais frequente e paciente das vítimas.

Um dia ela me acompanhou, em alguma tarefa doméstica, até o porão do velho edifício em que nossa pobreza nos obrigava a morar. O gato me seguiu pelos íngremes degraus e, quase me derrubando de cabeça, irritou-me até a loucura. Levantando um machado e esquecendo, em minha raiva, o medo infantil que até então segurara minha mão, assestei um golpe no animal, que, evidentemente, teria sido instantaneamente fatal se tivesse saído como eu queria. Mas esse golpe foi detido pela mão de minha mulher. Levado por essa interferência a uma raiva quase demoníaca, livrei meu braço da mão dela e enterrei o machado em seu cérebro. Ela caiu morta ali mesmo, sem um gemido.

Cometido esse odioso assassinato, me lancei então, com total dedicação, à tarefa de esconder o corpo. Sabia que não podia tirá-lo da casa, de dia ou de noite, sem correr o risco de ser observado pelos vizinhos. Muitos projetos me passaram pela cabeça. Num certo momento, pensei em cortar o corpo em pedaços pequenos para serem destruídos pelo fogo. Em outro, resolvi cavar uma cova para ele no chão do porão. Também resolvi jogá-lo no poço do quintal — empacotar numa caixa, como se fosse um objeto, com os arranjos usuais, e conseguir assim que um carregador o levasse da casa. Finalmente, topei com aquilo que considerei um expediente bem melhor que qualquer um desses. Resolvi emparedá-lo no porão, da maneira como se afirma que os monges da Idade Média emparedavam suas vítimas.

Para tal propósito o porão adaptava-se bem. Suas paredes eram mal construídas e, recentemente, tinham sido por completo recobertas com um reboco grosso, que a umidade da atmosfera impedira de secar. Além disso, numa das paredes havia uma saliência produzida por uma chaminé ou lareira que fora fechada para ficar com o mesmo aspecto do resto do porão. Não tive dúvidas de que podia deslocar rapidamente os tijolos nesse ponto, colocar o corpo e emparedar tudo como antes, sem que nenhum olhar conseguisse detectar qualquer coisa suspeita.

E não me enganei nesses cálculos. Por meio de uma alavanca desloquei facilmente os tijolos e, tendo depositado o corpo cuidadosamente de encontro à parede interior, segurei-o nessa posição até poder refazer, sem grande esforço, a construção do jeito que era antes. Tendo providenciado cimento, areia e crina, com toda a precaução possível preparei um reboco que não se podia distinguir do anterior e com ele recobri escrupulosamente a nova construção de tijolos. Ao terminar, fiquei satisfeito por ver que tudo estava bem. A parede não apresentava a menor aparência de ter sido alterada. Limpei o chão com o mais minucioso cuidado e, olhando em volta, triunfante, disse para mim mesmo: Pelo menos aqui meu trabalho não foi em vão.

O próximo passo foi procurar o animal que havia sido a causa de tanta aflição, pois que resolvera, finalmente, matá-lo. Se eu o tivesse encontrado naquele momento, não haveria dúvida quanto ao seu destino; mas parece que o ardiloso animal tinha se alarmado com a violência de minha raiva anterior e procurava evitar minha raiva atual. É impossível descrever ou imaginar a profunda, bem-aventurada sensação de alívio que a ausência da detestada criatura despertava em mim. Ele não apareceu durante a noite; e assim, por uma noite ao menos, desde sua chegada, dormi profunda e tranquilamente; é, **dormi**, mesmo com o peso do assassinato em minha alma.

O segundo e o terceiro dia se passaram, mas meu torturador não apareceu. De novo eu respirava como um homem livre. O monstro, em seu terror, tinha fugido para sempre da casa! Eu não tinha mais que olhar para ele! Minha felicidade era suprema! A culpa por meu ato sombrio não me perturbava muito. Respondi prontamente às perguntas, até uma busca se fez — mas evidentemente nada foi descoberto. Eu encarava minha futura felicidade como garantida.

No quarto dia depois do assassinato, um grupo de policiais veio, muito inesperadamente, até em casa e recomeçou uma rigorosa investigação pelos cômodos. Seguro, porém, do segredo de meu esconderijo, não senti nenhum constrangimento. Os agentes pediram que os acompanhasse na busca. Não deixaram nenhum canto ou recanto sem explorar. Finalmente, pela terceira ou quarta vez, desceram até o porão. Não senti tremer nenhum músculo. Meu coração batia como o de alguém adormecido na inocência. Andei pelo porão de um extremo ao outro. Cruzando os braços sobre o peito, passeei tranquilo. A polícia estava plenamente satisfeita e se preparava para ir embora. A alegria em meu coração era tão forte que não podia ser contida. Eu ardia de vontade de dizer uma palavra que fosse, à guisa de triunfo, para ficar duplamente seguro da certeza que tinham de minha inocência.

— Senhores — disse afinal, quando o grupo subia a escada —, é um prazer para mim ter serenado suas suspeitas. Desejo a todos saúde e um pouco mais de gentileza. A propósito, meus senhores, esta é uma casa muito bem construída (no meu furioso desejo de falar com naturalidade eu mal sabia o que estava dizendo), pode-se dizer que é uma casa **excelentemente** construída. Estas paredes... já estão indo, meus senhores?... estas paredes são muito sólidas. — E então, movido pelo mero frenesi da bravata, bati a bengala que eu trazia, com toda a força, exatamente na parte da parede atrás da qual estava o corpo da esposa de meu coração.

Possa Deus me proteger e livrar das presas do Arquimaligno! Nem bem o eco das batidas tinha desaparecido no silêncio, uma voz me respondeu de dentro da tumba! — um gemido, a princípio abafado e interrompido, como os soluços de uma criança, que cresceu depois até um berro longo, agudo e contínuo, inteiramente anormal e inumano — um uivo — um guincho de lamento, meio de horror, meio de triunfo, que só poderia brotar do inferno, das gargantas dos condenados em sua agonia e dos demônios na alegria por sua danação.

De meus próprios pensamentos é loucura falar. Tonto, apoiei-me na parede oposta. Por um instante o grupo nos degraus ficou imóvel, devido ao extremo terror e respeito. No instante seguinte, uma dúzia de braços fortes atacava a parede. Ela caiu pesadamente. O corpo, já muito decomposto e coberto de sangue coagulado, lá estava de pé diante dos olhos dos espectadores. Em cima da cabeça, com a boca vermelha aberta e o olho solitário em fogo, assentava-se a odiosa criatura cujo engenho tinha me induzido ao assassinato e cuja voz me delatou e entregou ao carrasco. Eu havia emparedado o monstro na tumba!

A MÁSCARA DA MORTE ESCARLATE*

A "Morte Escarlate" havia muito devastava o país. Jamais se viu peste tão fatal ou tão hedionda. O sangue era sua revelação e sua marca — a cor vermelha e o horror do sangue. Surgia com dores agudas e súbita tontura, seguidas de profuso sangramento pelos poros, e então a morte. As manchas rubras no corpo e principalmente no rosto da vítima eram o estigma da peste que a privava da ajuda e compaixão dos semelhantes. E entre o aparecimento, a evolução e o fim da doença não se passava mais de meia hora.

Mas o príncipe Próspero era feliz, destemido e astuto. Quando a população de seus domínios se reduziu à metade, mandou vir à sua presença um milhar de amigos sadios e divertidos dentre os cavalheiros e damas da corte e com eles retirou-se, em total reclusão, para um dos seus mosteiros encastelados. Era uma construção imensa e magnífica, criação do gosto excêntrico, mas grandioso, do próprio príncipe. Circundava-a muralha forte e muito alta, com portas de ferro. Depois de entrarem, os cortesãos trouxeram fornalhas e grandes martelos para soldar os ferrolhos. Resolveram não permitir qualquer meio de entrada ou saída aos súbitos impulsos de desespero dos que estavam fora ou aos furores dos que estavam dentro. O mosteiro dispunha de amplas provisões. Com essas precauções, os cortesãos podiam desafiar o contágio. O mundo externo que cuidasse de si mesmo. Nesse meio-tempo era tolice atormentar-se ou pensar nisso. O príncipe tinha providenciado toda a espécie de divertimentos. Havia bufões, improvisadores, dançarinos, músicos, Beleza, vinho. Lá dentro, tudo isso mais segurança. Lá fora, a "Morte Escarlate".

Lá pelo final do quinto ou sexto mês de reclusão, enquanto a peste grassava mais furiosamente lá fora, o príncipe Próspero brindou os mil amigos com um magnífico baile de máscaras.

---

* Titulo original: "The mask of Red Death". (N.E.)

Era um espetáculo voluptuoso, aquela mascarada. Mas antes vou descrever os salões onde ela aconteceu. Eram sete — uma suíte imperial. Em muitos palácios, porém, essas suítes formam uma perspectiva longa e reta, quando as portas se abrem até se encostarem nas paredes de ambos os lados, de tal modo que a vista de toda essa sucessão é quase desimpedida. Ali, a situação era muito diferente, como se devia esperar da paixão do duque pelo fantástico. Os salões estavam dispostos de maneira tão irregular que os olhos só podiam abarcar pouco mais de cada um por vez. Havia um desvio abrupto a cada vinte ou trinta metros e, a cada desvio, um efeito novo. À direita e à esquerda, no meio de cada parede, uma alta e estreita janela gótica dava para um corredor fechado que acompanhava as curvas da suíte. A cor dos vitrais dessas janelas variava de acordo com a tonalidade dominante na decoração do salão para o qual se abriam. O da extremidade leste, por exemplo, era azul — e de um azul intenso eram suas janelas. No segundo salão os ornamentos e tapeçarias, assim como as vidraças, eram cor de púrpura. O terceiro era inteiramente verde, e verdes também os caixilhos das janelas. O quarto estava mobiliado e iluminado com cor alaranjada — o quinto era branco, e o sexto, roxo. O sétimo salão estava todo recoberto com tapeçarias de veludo negro, que pendiam do teto e pelas paredes, caindo em pesadas dobras sobre um tapete do mesmo material e tonalidade. Apenas nesse salão, porém, a cor das janelas deixava de corresponder à das decorações. As vidraças, ali, eram escarlates — de uma violenta cor de sangue.

Ora, em nenhum dos sete salões havia qualquer lâmpada ou candelabro, em meio à profusão de ornamentos de ouro espalhados por todos os cantos ou dependurados do teto. Nenhuma lâmpada ou vela iluminava o interior da sequência de salões. Mas nos corredores que circundavam a suíte havia, diante de cada janela, um pesado tripé com um braseiro, que projetava seus raios pelos vitrais coloridos e, assim, iluminava brilhantemente a sala, produzindo grande número de efeitos vistosos e fantásticos. Mas no salão oeste, ou negro, o efeito do clarão de luz que jorrava sobre as cortinas escuras através das vidraças da cor do sangue era desagradável ao extremo e produzia uma expressão tão desvairada no semblante dos que entravam que poucos no grupo sentiam ousadia bastante para ali penetrar.

104

Era também nesse apartamento que se achava, encostado à parede oeste, um gigantesco relógio de ébano. Seu pêndulo oscilava de um lado para outro com um bater surdo, pesado, monótono; quando o ponteiro dos minutos completava o circuito do mostrador e o relógio ia dar as horas, de seus pulmões de bronze brotava um som claro e alto e grave e extremamente musical, mas em tom tão enfático e peculiar que, ao final de cada hora, os músicos da orquestra se viam obrigados a interromper momentaneamente a apresentação para escutar-lhe o som; com isso os dançarinos forçosamente tinham de parar as evoluções da valsa e, por um breve instante, todo o alegre grupo mostrava-se perturbado; enquanto ainda soavam os carrilhões do relógio, observava-se que os mais frívolos empalideciam e os mais velhos e serenos passavam a mão pela testa, como se estivessem num confuso devaneio ou meditação. Mas, assim que os ecos desapareciam interiormente, risinhos levianos logo se espalhavam pelo grupo; trocando olhares entre si, os músicos sorriam do próprio nervosismo e insensatez e, em sussurros, diziam uns aos outros que o próximo soar das horas não produziria neles a mesma emoção; mas, após um lapso de sessenta minutos (que abrangem três mil e seiscentos segundos do Tempo que voa), quando o relógio dava novamente as horas, acontecia a mesma perturbação e idênticos tremores e gestos de meditação de antes.

Apesar disso tudo, que festa alegre e magnífica! Os gostos do duque eram estranhos. Sabia combinar cores e efeitos. Menosprezando a mera decoração da moda, seus arranjos mostravam-se ousados e veementes, e suas ideias brilhavam com um esplendor bárbaro. Alguns podiam considerá-lo louco, sendo desmentidos por seus seguidores. Mas era preciso ouvi-lo, vê-lo e tocá-lo para convencer-se disso.

Para essa grande festa, ele próprio dirigiu, em grande parte, a ornamentação cambiante dos sete salões, e foi seu próprio gosto que inspirou as fantasias dos foliões. Claro que eram grotescas. Havia muito brilho, resplendor, malícia e fantasia — muito daquilo que foi visto depois no *Hernani** . Havia figuras fantásticas com membros e adornos que não combinavam. Havia caprichos

---

* *Hernani*: Referência à peça do poeta francês Victor Hugo (1802-1885), estreada em 1830. (N.E.)

delirantes como se tivessem sido modelados por um louco. Havia muito de beleza, muito de libertinagem e de extravagância, algo de terrível e um tanto daquilo que poderia despertar repulsa. De um ao outro, pelos sete salões, desfilava majestosamente, na verdade, uma multidão de sonhos. E eles — os sonhos — giravam sem parar, assumindo a cor de cada salão e fazendo com que a impetuosa música da orquestra parecesse o eco de seus passos. Daí a pouco soa o relógio de ébano colocado no salão de veludo. Então, por um momento, tudo se imobiliza e é tudo silêncio, menos a voz do relógio. Os sonhos se congelam como estão. Mas os ecos das batidas extinguem-se — duraram apenas um instante — e risos levianos, mal reprimidos, flutuam atrás dos ecos, à medida que vão morrendo. E logo a música cresce de novo, e os sonhos revivem e rodopiam mais alegremente que nunca, assumindo as cores das muitas janelas multicoloridas, através das quais fluem os raios luminosos dos tripés. Ao salão que fica mais a oeste de todos os sete, porém, nenhum dos mascarados se aventura agora; pois a noite está se aproximando do fim: ali flui uma luz mais vermelha pelos vitrais cor de sangue e o negror das cortinas escuras apavora; para aquele que pousa o pé no tapete negro, do relógio de ébano ali perto chega um clangor ensurdecido mais solene e enfático que aquele que atinge os ouvidos dos que se entregam às alegrias nos salões mais afastados.

Mas nesses outros salões cheios de gente batia febril o coração da vida. E o festim continuou em remoinhos até que, afinal, começou a soar meia-noite no relógio. Então a música cessou, como contei, as evoluções dos dançarinos se aquietaram, e, como antes, tudo ficou intranquilamente imobilizado. Mas agora iriam ser doze as badaladas do relógio; e desse modo mais pensamentos talvez tenham se infiltrado, por mais tempo, nas meditações dos mais pensativos, entre aqueles que se divertiam. E assim também aconteceu, talvez, que, antes de os últimos ecos da última badalada terem mergulhado inteiramente no silêncio, muitos indivíduos na multidão puderam perceber a presença de uma figura mascarada que antes não chamara a atenção de ninguém. E, ao se espalhar em sussurros o rumor dessa nova presença, elevou-se aos poucos de todo o grupo um zumbido ou murmúrio que expressava reprovação e surpresa — e, finalmente, terror, horror e repulsa.

Numa reunião de fantasmas como esta que pintei, pode-se muito bem supor que nenhuma aparência comum poderia causar tal sensação. Na verdade, a liberdade da mascarada dessa noite era praticamente ilimitada; mas a figura em questão ultrapassava o próprio Herodes, indo além dos limites até do indefinido decoro do príncipe. Existem cordas, nos corações dos mais indiferentes, que não podem ser tocadas sem emoção. Até mesmo para os totalmente insensíveis, para quem vida e morte são alvo de igual gracejo, existem assuntos com os quais não se pode brincar. Na verdade, todo o grupo parecia agora sentir profundamente que na fantasia e no rosto do estranho não existia graça nem decoro. A figura era alta e esquálida, envolta dos pés à cabeça em vestes mortuárias. A máscara que escondia o rosto procurava assemelhar-se de tal forma com a expressão enrijecida de um cadáver que até mesmo o exame mais atento teria dificuldade em descobrir o engano. Tudo isso poderia ter sido tolerado, e até aprovado, pelos loucos participantes da festa, se o mascarado não tivesse ousado encarnar o tipo da Morte Escarlate. Seu vestuário estava borrifado de **sangue** — e sua alta testa, assim como o restante do rosto, salpicada com o horror escarlate.

Quando os olhos do príncipe Próspero pousaram nessa imagem espectral (que andava entre os convivas com movimentos lentos e solenes, como se quisesse manter-se à altura do papel), todos perceberam que ele foi assaltado por um forte estremecimento de terror ou de repulsa, num primeiro momento, mas logo seu semblante tornou-se vermelho de raiva.

— Quem ousa... — perguntou com voz rouca aos convivas que estavam perto — quem ousa nos insultar com essa caçoada blasfema? Peguem esse homem e tirem sua máscara, para sabermos quem será enforcado no alto dos muros, ao amanhecer!

O príncipe Próspero estava na sala leste, ou azul, ao dizer essas palavras. Elas ressoaram pelos sete salões, altas e claras, pois o príncipe era um homem ousado e robusto e a música se calara a um sinal de sua mão.

O príncipe achava-se no salão azul com um grupo de polidos convivas a seu lado. Assim que falou, houve um ligeiro movimento dessas pessoas na direção do intruso, que, naquele momento, estava bem ao alcance das mãos, e agora, com passos decididos e firmes, se aproximava do homem que tinha falado.

Mas por causa de um certo temor sem nome, que a louca arrogância do mascarado havia inspirado em toda a multidão, não houve ninguém que estendesse a mão para detê-lo; de forma que, desimpedido, passou a um metro do príncipe e, enquanto a vasta multidão, como por um único impulso, se retraía do centro das salas para as paredes, ele continuou seu caminho sem deter-se, no mesmo passo solene e medido que o distinguira desde o início, passando do salão azul para o púrpura — do púrpura para o verde — do verde para o alaranjado — e desse ainda para o branco — e daí para o roxo, antes que se fizesse qualquer movimento decisivo para detê-lo. Foi então que o príncipe Próspero, louco de raiva e vergonha por sua momentânea covardia, correu apressadamente pelos seis salões, sem que ninguém o seguisse por causa do terror mortal que tomara conta de todos. Segurando bem alto um punhal desembainhado, aproximou-se, impetuosamente, até cerca de um metro do vulto que se afastava, quando este, ao atingir a extremidade do salão de veludo, virou-se subitamente e enfrentou seu perseguidor. Ouviu-se um grito agudo — e o punhal caiu cintilando no tapete negro, sobre o qual, no instante seguinte, tombou prostrado de morte o príncipe Próspero. Então, reunindo a coragem selvagem do desespero, um bando de convivas lançou-se imediatamente no apartamento negro e, agarrando o mascarado, cuja alta figura permanecia ereta e imóvel à sombra do relógio de ébano, soltou um grito de pavor indescritível, ao descobrir que, sob a mortalha e a máscara cadavérica, que agarravam com tamanha violência e grosseria, não havia qualquer forma palpável.

E então reconheceu-se a presença da Morte Escarlate. Viera como um ladrão na noite. E um a um foram caindo os foliões pelas salas orvalhadas de sangue, e cada um morreu na mesma posição de desespero em que tombou ao chão. E a vida do relógio de ébano dissolveu-se junto com a vida do último dos dissolutos. E as chamas dos braseiros extinguiram-se. E o domínio ilimitado das Trevas, da Podridão e da Morte Escarlate estendeu-se sobre tudo.

A QUEDA DA CASA DE USHER*

> *Son coeur est un luth suspendu;*
> *Sitôt qu'on le touche il résonne***.**
>
> **De Béranger**

Durante todo aquele triste, escuro e silencioso dia outonal, com o céu encoberto por nuvens baixas e opressivas, estive percorrendo sozinho, a cavalo, uma região rural singularmente deserta, até que enfim avistei, com as primeiras sombras da noite, a melancólica Casa de Usher. Não sei por quê, mas, assim que entrevi a construção, um sentimento de intolerável tristeza apoderou-se de meu espírito. Digo intolerável porque essa impressão não era suavizada por qualquer sensação meio prazenteira, porque poética, com que a mente geralmente recebe até mesmo as mais sombrias imagens naturais de desolação e de terror. Observei a paisagem à minha frente: a casa simples e a simplicidade do aspecto da propriedade, as paredes frias, as janelas semelhando órbitas vazias, os poucos canteiros com ervas daninhas e alguns troncos esbranquiçados de árvores apodrecidas — e senti na alma uma depressão profunda que não posso comparar a nenhuma sensação terrena senão ao que experimenta, ao despertar, o viciado em ópio: o amargo retorno à vida cotidiana, o terrível descair de um véu. Havia um frio, uma prostração, uma sensação de repugnância, uma irrecuperável aflição de pensamento que nenhum excitamento da imaginação conseguiria forçar a transformar-se em algo sublime. Que era, parei para pensar, que era que tanto me perturbava ao contemplar a Casa de Usher? Era um mistério completamente insolúvel, e eu não conseguia controlar as sombrias imagens que me enchiam a cabeça enquanto refletia nisso. Fui forçado a socorrer-me da conclusão nada satisfatória de que **existem**, sem dúvida, combinações

---

* Título original: "The fall of the House of Usher". (N.E.)
** Seu coração é um alaúde suspenso; Assim que é tocado, ressoa. (N.T.)

de objetos naturais muito simples, que têm o poder de nos afetar assim, embora a análise desse poder se situe em considerações além de nossa perspicácia. Era possível, pensei, que um mero arranjo diferente dos pormenores da cena, dos detalhes do quadro, bastasse para modificar ou, talvez, para suprimir sua capacidade de provocar impressões aflitivas. Com essa ideia na cabeça, guiei o cavalo até a margem íngreme de um fosso negro e sinistro cujas águas paradas refulgiam junto a casa e contemplei, com um arrepio ainda mais forte do que antes, a imagem invertida e modificada dos arbustos cinzentos, dos lívidos troncos de árvores e das janelas semelhantes a órbitas vazias.

Apesar disso, era nessa desolada mansão que eu tencionava passar algumas semanas. O proprietário, Roderick Usher, havia sido um de meus joviais amigos de infância, mas muitos anos tinham se passado desde nosso último encontro. Uma carta, no entanto, que me chegara recentemente numa parte distante do país — uma carta dele — exigia pela insistência de seu teor resposta pessoal. A caligrafia revelava agitação nervosa. O remetente falava de aguda doença física, de opressiva perturbação mental e do intenso desejo de me ver, como seu melhor e na verdade único amigo pessoal, com a intenção de lograr, pela alegria de minha companhia, algum alívio para sua doença. A maneira pela qual tudo isso e muito mais coisas foram ditas e o manifesto estado de espírito expresso no pedido impediram-me qualquer hesitação e por esse motivo obedeci na mesma hora ao que ainda considerava como um convite muito estranho.

Apesar de, quando crianças, termos sido companheiros íntimos, eu na verdade conhecia pouco meu amigo. Sua reserva sempre tinha sido excessiva e habitual. Eu sabia, no entanto, que sua família, muito antiga, distinguia-se havia muito tempo pela peculiar sensibilidade de temperamento, demonstrada ao longo de muitos séculos em notáveis obras de arte e que ultimamente se manifestava em repetidos atos de generosa e discreta caridade e também na apaixonada devoção pela complexidade da ciência musical, talvez ainda mais do que por suas belezas naturais e fáceis de reconhecer. Fiquei sabendo também de um fato incrível: o tronco da linhagem dos Usher, embora tão antiga, nunca tinha produzido qualquer ramo duradouro. Em outras palavras, a família se perpetuara apenas em linha direta e assim continuava, com variações bem pouco importantes e temporárias. Era essa deficiência, pensava eu, enquanto repassava em pensamento a perfeita harmonia entre o aspecto da propriedade e o caráter de seus moradores, imaginando a possível influência que aquela podia ter exercido, ao longo dos séculos, sobre estes — era essa deficiência, talvez, de um ramo colateral e a consequente transmissão direta, de pai para filho, do patrimônio e do nome da família que haviam ao longo dos tempos identificado ambas de tal modo que fundiram o título original da propriedade na estranha e equívoca designação de Casa de Usher — designação que, na mente dos camponeses que a utilizavam, parecia servir tanto para a família quanto para a mansão da família.

Eu disse que o único efeito da minha experiência um tanto infantil de olhar para o fosso havia sido aprofundar aquela primeira impressão. Sem dúvida, quando tomei consciência do rápido aumento de minha superstição (por que não usar esse termo?), isso serviu principalmente para intensificar o próprio aumento. Tal é, sei disso há muito tempo, a lei paradoxal de todos os sentimentos fundados no terror. E pode ter sido por essa única razão que, ao levantar os olhos de sua imagem no fosso para a própria mansão, surgiu-me na mente uma estranha visão — tão estranha, de fato, que só a menciono para mostrar a intensa força das sensações que me sufocavam. Minha imaginação mostrava-se tão excitada que realmente acreditei que em volta da mansão e da propriedade pairava uma atmosfera especial, própria do lugar e de seus arredores, atmosfera que não se relacionava com o ar do céu, emanando antes das árvores apodrecidas, das paredes cinzentas, do fosso silencioso — um vapor místico e pestilento, espesso, entorpecido, sutil e lívido.

Afastando do espírito o que **devia** ser um sonho, examinei mais atentamente o aspecto real do edifício. Sua característica principal parecia ser a extrema antiguidade. Fora grande a descoloração causada pelos séculos. Minúsculos fungos cobriam todo o exterior, pendendo dos beirais qual fina e emaranhada teia. Mas nada disso indicava grande destruição. Nenhum bloco de alvenaria tinha desmoronado, mas parecia haver um profundo contraste entre o encaixe ainda perfeito das partes e as péssimas condições de cada pedra. Isso me lembrou muito a enganosa integridade de antigas peças de madeira que apodreceram por longos anos em algum porão esquecido, sem serem perturbadas pelo sopro do ar exterior. Afora esse indício de grande decadência, porém, a construção não mostrava nenhum sinal de falta de segurança. Talvez o olho de um observador mais atento conseguisse descobrir uma fenda quase imperceptível que riscava a frente do edifício desde o telhado, descendo em zigue-zague pela parede até mergulhar nas águas turvas do fosso. Observando tudo isso, atravessei a cavalo o curto carreiro que levava até a casa. Um cavalariço levou minha montaria, e avancei pelo arco gótico do vestíbulo. Um criado de andar furtivo conduziu-me então, calado, por muitas passagens escuras e tortuosas, até o gabinete de seu patrão. Muitas das coisas que vi pelo caminho contribuíam, não sei como, para fortalecer os imprecisos sentimentos de que já falei. Os objetos à minha volta — os entalhes do forro, as sombrias tapeçarias das paredes, o negrume de ébano do assoalho e as fantasmagóricas armaduras que retiniam quando eu passava — eram coisas com que eu estava, ou devia estar, familiarizado desde a infância, mas, embora não hesitasse em reconhecê-las como tais, ainda me espantava ao perceber como eram estranhas as visões que essas imagens tão comuns produziam em mim. Numa das escadas, cruzei com o médico da família. Julguei ver em sua fisionomia uma expressão desanimada e perplexa. Cumprimentou-me agitado e afastou-se. O criado então abriu uma porta e me levou até a presença de seu patrão.

Achei-me numa sala muito ampla e alta. As janelas, compridas, estreitas e pontudas, tinham peitoris tão afastados do assoalho de carvalho negro que era impossível alcançá-los. Fracos raios de luz avermelhada penetravam pelas vidraças guarnecidas com rótulas, só conseguindo tornar visíveis os objetos próximos mais volumosos. O olhar, porém, lutava em vão para perceber os cantos mais distantes da sala ou os recessos do forro em abóbada guarnecido com entalhes. Sombrias cortinas pendiam das paredes. O mobiliário era excessivo, desconfortável, antigo e gasto. Os muitos livros e instrumentos musicais que jaziam dispersos não conseguiam dar vitalidade alguma ao ambiente. Senti que respirava uma atmosfera de tristeza. Um ar de severo, profundo e irrecuperável desalento pairava sobre as coisas e impregnava a tudo.

Assim que entrei, Usher levantou-se do sofá onde estava deitado ao comprido e cumprimentou-me com calorosa vivacidade, na qual havia muito, de início julguei, de cordialidade forçada, do esforço constrangido de um homem de sociedade entediado. Mas, olhando seu rosto, convenci-me de sua perfeita sinceridade.

Sentamos e, por alguns momentos, como ele não falava nada, fiquei olhando-o com um sentimento misto de piedade e de espanto. Com toda a certeza, nenhum homem jamais se transformara tão terrivelmente, em período tão curto, quanto Roderick Usher! Só com muita dificuldade consegui admitir que o homem doentio diante de mim era o mesmo companheiro de infância. No entanto, suas feições sempre tinham sido notáveis: tez cadavérica; olhos grandes, líquidos e luminosos, sem comparação; lábios um tanto finos e muito pálidos, mas de conformação extremamente bela; o nariz, com delicado desenho hebraico, mas exibindo narinas largas, incomuns nesse tipo; o queixo finamente delineado, revelando, pela ausência de volume, carência de energia moral; cabelos mais finos e macios que os fios de uma teia. Todos esses traços e mais o extraordinário desenvolvimento da fronte combinavam-se num aspecto difícil de esquecer. E agora, com o mero exagero desses traços e da expressão que costumavam mostrar, havia tal mudança que cheguei a duvidar de que era com ele que falava. A cadavérica palidez da pele e o brilho agora sobrenatural dos olhos, acima de tudo, surpreendiam-me e até me aterravam. O cabelo sedoso também tinha crescido descuidadamente e como, por causa da textura muito fina, flutuasse em vez de cair nos lados do rosto, eu não conseguia, mesmo com esforço, vincular sua expressão fantástica com qualquer ideia de simples humanidade.

Fiquei abalado ao perceber logo certa incoerência nas maneiras de meu amigo, certa inconsistência, e logo descobri que isso se devia a uma série de fracos e inúteis esforços para dominar um tremor frequente, uma excessiva agitação nervosa. Eu estava preparado para encontrar algo assim, não só por sua carta, mas também pela lembrança de certos traços juvenis e pelas conclusões deduzidas de seu estado físico e de seu temperamento. Suas atitudes alternavam da vivacidade ao desânimo. A voz variava, rapidamente, passando da trêmula indecisão (quando seu ardor parecia tornar-se profundamente entorpecido) para o tipo de enérgica concisão, para a abrupta, pesada, lenta e oca articulação, para a fala arrastada, controlada, gutural e perfeitamente modulada que se pode observar nos bêbados contumazes e nos fumadores de ópio irrecuperáveis, durante os períodos mais intensos de excitação.

Foi assim que ele se referiu ao objetivo de minha visita, de seu grande desejo de me ver e do alívio que esperava encontrar em minha companhia. Depois, falou por algum tempo do que achava da natureza de sua doença. Segundo ele, era um mal de família e de nascença, para o qual já tinha perdido a esperança de encontrar remédio; mera perturbação nervosa, disse logo em seguida, que sem dúvida ia passar logo. A doença se manifestava numa série de sensações antinaturais. Algumas, enquanto as ia descrevendo, me deixaram interessado e confuso, apesar talvez de que tenham influído os termos usados e a forma geral da descrição. Ele sofria, e muito, de doentia exageração dos sentidos: só tolerava o mais insípido alimento; não podia usar senão roupas de determinadas texturas; os perfumes de todas as flores pareciam-lhe sufocantes; até a luz mais suave lhe torturava os olhos e só os sons especiais dos instrumentos de cordas não lhe provocavam horror.

Compreendi que ele estava escravizado por uma espécie anormal de terror.

— Vou morrer — disse ele. — **Devo** morrer nesta loucura lamentável. Assim, assim e de nenhuma outra forma é que vou me perder. Abomino os fatos do futuro, não em si mesmos, mas por seus resultados. Estremeço diante da ideia de qualquer incidente, até mesmo o mais trivial, que possa afetar essa intolerável agitação da alma. Não tenho, na verdade, aversão pelo perigo, a não ser em seu efeito absoluto: o terror. Neste deplorável estado de abatimento sinto que mais cedo ou mais tarde chegará um momento em que vou ter de abandonar ao mesmo tempo a vida e a razão, na luta com o fantasma sinistro do MEDO.

Descobri também, aos poucos e através de pistas equívocas e fragmentadas, outro traço singular de seu estado mental. Ele estava acorrentado a certas impressões supersticiosas quanto à casa em que morava e da qual, por longos anos, não se aventurava a sair... a uma influência, cuja suposta força foi narrada em termos vagos demais para reproduzir aqui... influência que alguns detalhes da matéria e da forma da mansão familiar tinham, às custas de longo sofrimento, conseguido exercer sobre seu espírito... efeito **físico** que as paredes e torres cinzentas e o sombrio fosso onde elas se refletiam tinham acabado por exercer sobre o **moral** de sua existência.

Ele admitia, porém, embora com hesitação, que grande parte do desalento de que sofria talvez tivesse origem mais natural e bem mais palpável: na séria e prolongada doença (na verdade, na morte evidentemente próxima) de uma irmã adorada, sua única companheira por longos anos, sua única e última parenta nesta terra.

— A morte dela — disse ele, com amargura que nunca esquecerei — me tornará (a ele, fraco e sem esperanças) o último representante da antiga raça dos Usher.

Enquanto falava, Lady Madeline (pois era assim que se chamava) passou pela parte mais distante do aposento e, sem notar minha presença, desapareceu. Olhei-a com profunda surpresa e uma ponta de medo — e, no entanto, não encontrava explicação para esses sentimentos. Uma sensação de estupor me sufocava, enquanto seguia com os olhos seus passos. Quando uma porta, afinal, se fechou atrás dela, meu olhar procurou instintiva e ansiosamente o irmão, mas este escondera o rosto nas mãos, e só pude perceber que uma palidez maior que a normal tinha tomado conta dos dedos magros, pelos quais escorriam muitas lágrimas emocionadas.

A doença de Lady Madeline vinha desafiando, por muito tempo, a habilidade dos médicos. Apatia permanente, progressivo enfraquecimento físico e crises frequentes, mas passageiras, de caráter parcialmente cataléptico eram o diagnóstico incomum. Até então ela tinha resistido firmemente contra o avanço da doença, recusando-se a cair de cama, mas no final da tarde de minha chegada ela sucumbiu (como me contou o irmão, à noite, com indescritível agitação) ao poder destruidor do mal. E compreendi que a visão de relance de seu vulto seria provavelmente a última e que não veria mais a moça, pelo menos com vida.

No decorrer dos dias seguintes, seu nome não foi mencionado por Usher ou por mim. Durante esse período dediquei-me vivamente a aliviar a melancolia de meu amigo. Pintávamos e líamos juntos; ou eu ouvia, como num sonho, as arrebatadas improvisações que ele fazia em sua eloquente guitarra. E assim, à medida que aumentava a intimidade que ia me revelando os recessos mais íntimos de seu espírito, mais amargamente eu percebia quão inúteis seriam as tentativas de alegrar aquela mente da qual a escuridão, como uma qualidade inerente e ativa, vertia sobre todos os objetos do mundo físico e moral uma incessante radiação de tristeza.

Ficarão para sempre gravadas em minha memória as muitas horas solenes que passei a sós com o chefe da Casa de Usher. Mas nunca conseguiria dar uma ideia do caráter exato dos estudos ou das ocupações em que ele me envolvia ou me conduzia.

Uma idealidade excitada e altamente desequilibrada lançava um brilho sulfuroso sobre todas as coisas. Suas longas cantigas fúnebres soarão para sempre em meus ouvimos. Entre outras coisas, lembro-me dolorosamente de certa estranha alteração e amplificação da romântica melodia da última valsa de Von Weber*. Quanto às pinturas em que extravasava sua elaborada fantasia e que se metamorfoseavam, pincelada por pincelada, até atingir uma indefinição que me causava estremecimentos ainda mais emocionantes, pois eu não sabia por que estremecia — quanto a essas pinturas (tão vívidas que até hoje tenho suas imagens diante dos olhos) em vão me esforçaria para retirar delas apenas uma pequena parte, passível de ser traduzida por simples palavras escritas. Através da extrema simplicidade e crueza do desenho, ele retinha e dominava a atenção. Se algum mortal jamais pintou uma ideia, esse mortal foi Roderick Usher. Para mim, pelo menos, na situação em que então me encontrava, dessas puras abstrações que o hipocondríaco conseguia projetar nas suas telas surgia um terror intenso e intolerável, assombro que nem de longe jamais senti nas fantasias (sem dúvida brilhantes) de Fuseli**, mas ainda assim concretas demais.

Uma das criações fantasmagóricas de meu amigo em que esse espírito abstrato não era tão rígido pode ser descrita, ainda que pobremente, em palavras. Era um quadro pequeno, representando o interior de uma câmara ou túnel imensamente longo e retangular, com paredes baixas, lisas, brancas e sem qualquer interrupção ou adornos. Certos detalhes do desenho conseguiam dar muito bem a ideia de que essa escavação ficava a uma extrema profundidade, abaixo da superfície da terra. Não se via qualquer abertura em toda a sua vasta extensão nem se percebiam tochas ou qualquer outra fonte de luz artificial. No entanto, uma torrente de intensos raios jorrava, tudo banhando num esplendor cadavérico e antinatural.

Falei há pouco do estado mórbido do nervo auditivo, que tornava intolerável qualquer música para esse sofredor, com exceção de certos efeitos de instrumentos de cordas. Foram, talvez, os estreitos limites a que ele se limitava na guitarra que deram origem, em grande parte, ao caráter fantástico de suas execuções.

---

* Carl Maria von Weber (1786-1826), compositor alemão. (N.E.)
** Fuseli: Nome pelo qual ficou conhecido o pintor suíço Jean-Henri Füssli (1741-1825), estabelecido na Inglaterra. É famoso pelas pinturas e ilustrações inspiradas na obra de Shakespeare e Milton, nas quais juntou o realismo e o fantástico. (N.E.)

Mas a fervorosa **facilidade** de seus improvisos era inexplicável. Deviam ser e eram, tanto nas notas quanto nas palavras de suas loucas fantasias (pois ele muitas vezes acompanhava a música com improvisações verbais rimadas), resultado da intensa e imperturbável concentração mental de que já falei antes, só observáveis nos momentos de maior excitação artificial. Lembro-me facilmente das palavras de uma dessas rapsódias. Fiquei, talvez, tão impressionado quando ele as cantou porque, na corrente subjacente ou mística de seu significado, julguei perceber, pela primeira vez, que Usher tinha plena consciência da instabilidade de sua mente altiva sobre seu trono. Os versos, intitulados "O Palácio Assombrado", eram quase exatamente assim:

I

No mais verde de nossos vales
Por bons anjos habitado,
Outrora um belo e rico palácio,
Radiante palácio, se erguia.
Nos domínios do rei Pensamento,
Lá estava ele!
Nunca serafim algum abriu as asas
Sobre tão bela obra.

II

Bandeiras amarelas, gloriosas, douradas,
Em seus telhados flutuavam, ondulando
(Isso, tudo isso, ocorreu nos velhos tempos
De antigamente),
E toda suave brisa que brincava,
Naqueles doces dias,
Pelos muros pálidos e engalanados,
Um sublime perfume desprendia.

III

Quem passava por esse vale feliz
Por duas janelas luminosas via
Espíritos deslizando, musicais,
Ao som de alaúde bem afinado.
Em volta de um trono, onde sentava-se

(Porfirogênito*!),
Na grandeza de sua glória muito justa,
O senhor desse reinado.

IV

Pela bela porta do palácio,
Brilhante com pérolas e rubis,
Ia passando, passando, passando,
E sempre mais cintilando,
Uma tropa de Ecos cujo doce dever
Era apenas cantar
Com vozes de insuperável beleza.
A viva sabedoria do rei.

V

Mas vultos maus, trajados de luto,
Atacaram o alto reino do monarca;
(Ah, choremos, pois nunca mais
O dia vai nascer para ele, o desolado!)
E, em volta do palácio, a glória
Que brilhava e florescia
Não passa agora de mal lembrada história
Dos velhos tempos sepultados.

VI

E quem passa agora pelo vale,
Pelas janelas rubras vê
Enormes formas que fantásticas se movem,
Ao som de melodia discordante;
Enquanto isso, como rio terrível,
Pela pálida porta se precipita
Para sempre uma hedionda multidão
Que gargalha, mas não mais sorri.

Lembro-me bem de que as sugestões despertadas pela balada nos levaram a uma linha de pensamento em que se tornou manifesta uma opinião de Usher, que menciono não tanto por causa

---

* Porfirogênito: Significa, em grego, "nascido na púrpura". Dizia-se dos filhos dos antigos imperadores do Oriente nascidos durante o reinado do pai. (N.E.)

de sua novidade (pois outros homens* já pensaram desse modo), mas devido à insistência com que ele a defendia. Essa opinião, em termos gerais, afirmava que todos os vegetais têm sensibilidade. Mas, na imaginação desordenada de Usher, essa ideia tinha assumido caráter ainda mais ousado e chegava, sob certos aspectos, ao reino das coisas inorgânicas. Não encontro palavras para expressar toda a extensão, ou melhor, a sincera espontaneidade de sua convicção. Tal crença, no entanto, relacionava-se (como já insinuei antes) com as pedras cinzentas da mansão de seus antepassados. As condições para essa sensibilidade eram realizadas, imaginava ele, no método de colocação das pedras e na ordem com que tinham sido organizadas, assim como na dos muitos fungos que as cobriam e nas árvores agonizantes que existiam em volta, mas, acima de tudo, na longa e imperturbável duração desse arranjo e na sua duplicação nas águas paradas do fosso. A prova (a prova dessa sensibilidade) podia ser encontrada, dizia ele (e me assustei ao ouvir tal coisa), na lenta mas inegável condensação de uma atmosfera que lhes era própria em torno das águas e das paredes. O resultado podia ser percebido, acrescentou ele, na influência silenciosa, mas perturbadora e terrível, que vinha moldando havia séculos o destino de sua família e que fizera **dele**, como eu podia ver agora, aquilo que ele era. Essas opiniões dispensam comentário e não farei nenhum.

Nossos livros — os livros que durante anos constituíram grande parte da existência mental do doente — estavam, como se pode supor, em harmonia absoluta com esse caráter fantasmagórico. Lemos juntos, atentamente, obras como *Vert Vert* e a epístola *La Chartreuse*, de Gresset; *Belphegor*, de Maquiavel; *Céu e inferno*, de Swedenborg; *Viagem subterrânea de Nils Klimm*, de Holberg; *Quiromancia*, de Robert Flud, de Jean D'Indaginé e de De la Chambre; *Jornada às distâncias azuis*, de Tieck; e *Cidade do sol*, de Campanella. Um dos volumes preferidos era uma pequena edição in-oitavo do *Directorium Inquisitorum*, do padre dominicano Eymerico de Gerona; e havia passagens de

---

* Watson, Dr. Percival, Spallanzani e especialmente o Bispo de Llandaff. Ver *Chemical essays*, v. V. (N.A.) [Richard Watson (1737-1816), químico inglês e bispo de Llandaff James Gates Percival (1795-1856), erudito norte-americano. Lazaro Spallanzani (1729--1799), naturalista italiano. (N.E.)]

Pomponius Mela*, sobre os velhos sátiros africanos e mitológicos, sobre os quais Usher era capaz de sonhar durante horas. Seu maior prazer, no entanto, era a leitura de um raro e curioso livro em gótico in-quarto, o manual de uma igreja esquecida, as *Vigiliae Mortuorum secundum Chorum Ecclesiae Maguntinae.* Eu não podia deixar de pensar no estranho ritual descrito nesse livro e na sua provável influência sobre o hipocondríaco quando, uma noite, depois de me informar repentinamente que Lady Madeline havia morrido, ele disse que tinha a intenção de manter o corpo por quinze dias (antes do enterro definitivo) em uma das muitas câmaras subterrâneas existentes no interior da mansão. A razão profana para essa estranha atitude, no entanto, era tal que não me sentia à vontade para discutir. Como irmão, tinha sido levado a essa resolução (assim me contou ele) por causa da natureza incomum da doença da falecida, de certas perguntas inconvenientes e ansiosas feitas pelos médicos e por causa da localização distante e exposta do jazigo da família. Não posso negar que, ao lembrar do rosto sinistro da pessoa que encontrei na escada no dia em que cheguei àquela casa, não senti nenhum impulso para me opor a uma preocupação que me parecia inofensiva e de forma alguma antinatural.

A pedido de Usher, ajudei-o nos preparativos do sepultamento provisório. Depois de colocar o corpo no caixão, nós dois, sozinhos, o levamos até o lugar de descanso. A câmara em que o deixamos (e que estivera fechada por tanto tempo que nossas tochas, quase apagadas pela atmosfera abafada, não nos permitiram examinar) era pequena, úmida, sem nenhuma entrada para a luz e situada a grande profundidade, exatamente debaixo da parte da mansão onde estava meu quarto de dormir. Aparentemente, tinha sido usada em remotos tempos feudais para as piores finalidades de um cárcere privado e, mais recentemente, como depósito de pólvora ou de alguma outra substância altamente inflamável, pois parte do chão e todo o interior da longa arcada que percorremos para chegar até ali esta-

---

* Jean Baptiste Louis Gresset (1709-1777), poeta e dramaturgo francês; Niccolò Maquiavel (1469-1527), político e escritor italiano; Emanuel Swedenborg (1688-1772), cientista e filósofo sueco; Ludvig Holberg (1684-1754), escritor dinamarquês; Robert Flud (1574-1637), médico inglês; Jean D'Indaginé é a grafia francesa para Joannes Indagine, pseudônimo de Johann von Hagen (séc. XVI), escritor alemão; Marin Cureau De la Chambre (1596-1669), médico francês; Ludwig Tieck (1773-1853), escritor alemão; Tommaso Campanella (1568-1639), filósofo italiano; Nicolás Eymerico (1320-1399), teólogo espanhol; Pomponius Mela (séc. I d.C.), geógrafo latino. (N.E.)

vam cuidadosamente revestidos de cobre. A porta, de ferro maciço, tinha sido igualmente protegida. Quando girava nas dobradiças, seu imenso peso fazia um som incrivelmente agudo e áspero.

Após depositar nossa triste carga sobre cavaletes nesse horrendo lugar, abrimos parcialmente a tampa do caixão, ainda não parafusada, e olhamos o rosto da morta. A incrível semelhança entre irmão e irmã me chamou a atenção, e Usher, adivinhando talvez meus pensamentos, explicou-me num murmúrio que ele e a falecida eram gêmeos e que afinidades de natureza quase incompreensível sempre existiram entre eles. Mas nossos olhares não se demoraram muito tempo sobre a morta, pois era impossível fitá-la sem se perturbar. A enfermidade que assim levara ao túmulo a jovem senhora tinha deixado, como é normal em todas as doenças de natureza estritamente cataléptica, um arremedo de coloração no seio e no rosto e uma sombra de sorriso nos lábios, que é tão terrível na morte. Recolocamos e parafusamos a tampa do caixão e, fechando a porta de ferro, voltamos abatidos para os cômodos pouco menos sinistros dos andares superiores da mansão.

Então, passados alguns dias de amarga tristeza, ocorreu uma nítida mudança nos sintomas da perturbação mental de meu amigo. Seu modo de ser habitual desapareceu. Suas ocupações diárias eram negligenciadas ou esquecidas. Ele vagava a esmo de sala em sala, com passos apressados e irregulares. A palidez de seu rosto assumiu, se isso é possível, um tom ainda mais cadavérico, mas a luminosidade de seus olhos dissipou-se completamente. Não se ouvia mais o tom áspero de sua voz, como às vezes sucedia antes, e um tremulo balbucio, como se estivesse tomado de horror extremo, passou a caracterizar seu modo de falar. Houve momentos, na verdade, em que pensei que sua mente sempre agitada estava em luta com algum segredo opressivo, empenhando-se em reunir coragem para contá-lo. Outras vezes era eu levado a atribuir tudo aquilo à inexplicável confusão da loucura, pois que o via fitar o vazio durante horas, numa atitude da mais profunda atenção, como se estivesse ouvindo algum som imaginário. Não era de admirar que seu estado me causasse terror e me contaminasse. Senti-me aos poucos, inexoravelmente, invadido pela estranha influência de suas fantásticas mas impressionantes superstições.

Foi especialmente ao me deitar, já tarde da noite, sete ou oito dias depois de colocarmos o corpo de Lady Madeline na câmara, que percebi toda a força de tais sentimentos. O sono não se aproximava de minha cama e as horas escoavam-se lentamente. Lutei para controlar o nervosismo que me dominava. Esforcei-me por acreditar que muito, senão tudo o que estava sentindo, se devia à perturbadora influência da soturna mobília do aposento, das tapeçarias escuras e esfarrapadas que, movidas pelo sopro de uma tempestade que se formava, oscilavam de modo irregular nas paredes e roçavam inquietas pelos adornos do leito. Mas meus esforços foram inúteis. Um tremor incontrolável aos poucos tomou conta de meu corpo e, afinal, instalou-se sobre meu próprio coração o íncubo de uma comoção inteiramente infundada. Sacudindo essa sensação com um arquejo e um sobressalto, ergui-me dos travesseiros e, sondando com o olhar a escuridão do aposento, prestei atenção e ouvi — não sei por quê, talvez por um instinto que me aguçou o espírito — ruídos baixos e indefinidos que nas pausas da tempestade, a longos intervalos, vinham não sabia de onde. Dominado por forte sentimento de horror, inexplicável e por isso mesmo impossível de suportar, vesti-me rapidamente (pois senti que seria impossível dormir naquela noite) e tentei livrar-me, caminhando de um lado para outro pelo aposento, do estado penoso em que me achava.

Logo depois de iniciar as idas e vindas, um leve ruído de passos numa escada próxima me chamou a atenção. Logo reconheci que era Usher. No instante seguinte, ele bateu de leve em minha porta e entrou, trazendo um lampião. Seu rosto estava, como sempre, cadavérico, mas além disso havia uma espécie de riso louco em seus olhos, e, em seu modo de proceder, uma **histeria** evidentemente contida. Seu aspecto me aterrou, mas qualquer coisa era preferível à solidão por mim suportada durante tanto tempo e acolhi sua presença com grande alívio.

— E você não o viu? — perguntou ele de repente, depois de olhar em volta por alguns momentos, em silêncio. — Não o viu? Mas espere! Você vai ver.

Assim dizendo — e enquanto protegia cuidadosamente o lampião — correu para uma das janelas e a escancarou para a tempestade.

A impetuosa fúria das rajadas de vento quase nos levantou do chão. Era na verdade uma noite tempestuosa, mas ainda assim bela e espantosamente singular no seu terror e perfeição. Aparentemente, um redemoinho juntara todas as suas forças ao nosso redor, pois

124

ocorriam frequentes e violentas mudanças na direção do vento, e a extrema densidade das nuvens (tão baixas que pareciam pesar sobre os torreões da mansão) não nos impedia de observar a viva velocidade com que deslizavam de todos os pontos, chocando-se umas contra as outras, sem desaparecer ao longe. Digo que nem mesmo sua extrema densidade nos impossibilitava de perceber isto, embora não pudéssemos vislumbrar a lua ou as estrelas, nem havia ali qualquer clarão de relâmpagos. Mas tanto a superfície inferior das imensas massas de vapor agitado como todos os objetos terrenos das proximidades brilhavam, por efeito de uma luz antinatural que provinha de uma exalação gasosa ligeiramente luminosa e perfeitamente visível que envolvia toda a mansão como uma mortalha.

— Você não deve... não pode ficar olhando para isso! — eu disse, estremecendo, a Usher, enquanto o afastava com leve violência da janela e o fazia sentar. — Essas manifestações que tanto perturbam você são meros fenômenos elétricos, nada incomuns, ou talvez tenham origem nas exalações malcheirosas do fosso. Vamos fechar esta janela. O ar está gelado e é perigoso para sua saúde. Eis aqui um de seus romances favoritos. Vou ler para você, e assim passaremos juntos esta noite terrível.

O volume antigo que peguei era o *Mad Trist* (Assembleia dos loucos) de Sir Launcelot Canning. Disse que era um dos favoritos de Usher mais como triste gracejo do que a sério, pois, na verdade, sua prolixidade vulgar e estéril muito pouco continha que pudesse interessar à idealidade elevada e espiritual de meu amigo. Era, porém, o único livro a mão — e nutri a vaga esperança de que a excitação que então agitava o hipocondríaco talvez encontrasse algum alívio (pois a história das perturbações mentais está cheia de anomalias desse tipo), até mesmo nos excessos de imaginação que eu ia ler. A julgar pelo ar de intensa vivacidade com que ouvia, ou parecia ouvir a leitura, podia congratular-me pelo êxito de minha tentativa.

Tinha chegado ao trecho bem conhecido em que Ethelred, herói do *Trist*, após tentar em vão entrar pacificamente no retiro do eremita, resolve lá entrar à força. Nesse ponto, como todos devem lembrar, são estas as palavras da narrativa:

E Ethelred, que tinha por natureza coração audaz e agora se sentia muito forte graças ao vigor do vinho que havia bebido, não gastou mais tempo em discutir com o eremita que em verdade linha caráter obstinado e malicioso. Sentindo a chuva nos ombros e temendo que caísse a tempestade, levantou a maça e, com vários golpes, logo abriu espaço nas tábuas da porta, para passar a mão com luva de ferro; brandindo-a com firmeza, quebrou e lascou e despedaçou de tal forma a madeira que o eco desse ruído seco e oco alarmou toda a floresta.

Ao terminar esta frase, assustei-me e parei por um momento, pois me parecia (embora logo concluísse que estava sendo iludido por minha excitada imaginação), me parecia que, de algum ponto remoto da mansão, chegava indistintamente a meus ouvidos algo que, por sua exata semelhança, podia ser o eco (apesar de baixo e abafado) do ranger e estalar que Sir Launcelot descrevia tão detalhadamente. Era, sem dúvida, apenas a coincidência que me chamava a atenção, pois que, em meio do bater dos caixilhos das janelas e dos ruídos da tempestade crescente, o som nada tinha, por certo, que pudesse me interessar ou perturbar. E continuei com a história:

Mas o bom paladino Ethelred, entrando agora pela porta, ficou dolorosamente enraivecido e surpreendido por não encontrar nem sinal do malicioso eremita, mas sim, em seu lugar, um dragão coberto de escamas, de aparência prodigiosa e com língua de fogo, que guardava um palácio de ouro com chão de prata. E sobre a muralha pendia um escudo de bronze reluzente, onde estava escrita a legenda:

> *Quem aqui penetrar, conquistador será;*
> *Quem o dragão matar, o escudo ganhará.*

E Ethelred levantou a maça e golpeou a cabeça do dragão, que caiu a seus pés, exalando o pestilento suspiro com um guincho tão horrível, áspero e penetrante que Ethelred teve de tapar os ouvidos com as mãos para suportar aquele terrível som, como jamais tinha ouvido antes.

Aqui, outra vez parei abruptamente, agora com a sensação de tremenda surpresa, pois não podia haver qualquer dúvida de que, esta vez, ouvi realmente (embora fosse impossível dizer de onde provinha) um grito ou rangido baixo, aparentemente distante, mas áspero, prolongado, singularmente agudo e dissonante, a exata reprodução daquilo que minha fantasia imaginava como o guincho do dragão descrito pelo romancista.

Oprimido, como eu naturalmente estava, diante dessa segunda e tão extraordinária coincidência, por mil sensações conflitantes, nas quais predominavam a perplexidade e o extremo terror, consegui ainda manter suficiente presença de espírito para não aguçar, com qualquer observação, a sensibilidade nervosa de meu companheiro. Não tinha certeza de que ele houvesse percebido os ruídos em questão, embora, sem dúvida, uma estranha alteração tenha ocorrido nos últimos minutos em seu rosto. Sentado diante de mim, fez girar pouco a pouco a cadeira até ficar de frente para a porta do aposento, de forma que eu só podia ver parcialmente seu rosto, apesar de perceber que seus lábios tremiam, como se estivesse murmurando baixinho. Pendeu a cabeça, mas eu sabia que não estava adormecido, porque o olho que eu via de perfil mantinha-se muito aberto e fixo. O movimento de seu corpo também desmentia essa ideia, pois oscilava de um lado para outro com um balanço suave, embora constante e uniforme. Tendo notado rapidamente tudo isso, voltei para a narrativa de Sir Launcelot, que continuava assim:

E agora o paladino, tendo escapado à terrível fúria do dragão e lembrando-se do escudo de bronze e da quebra do encantamento que sobre ele pesava, afastou a carraça do caminho e valorosamente avançou pelo chão de prata do castelo na direção da parede em que pendia o escudo, o qual, na verdade, não esperou que ele chegasse até perto, caindo-lhe aos pés sobre o chão prateado, com horrendo e retumbante estrondo.

Nem bem essas palavras me passaram pelos lábios, ouvi distintamente como se um pesado escudo de bronze de fato tivesse caído, naquele momento, sobre um chão de prata — uma reverberação nítida, surda, metálica e poderosa, apesar de aparentemente abafada. Inteiramente nervoso, fiquei em pé de um salto, mas o movimento regular de balanço de Usher não se alterou. Corri para a cadeira onde ele estava sentado. Seus olhos continuavam fixados diante de si e todo o seu rosto apresentava rigidez de pedra. Mas, assim que lhe toquei o ombro com a mão, forte estremecimento sacudiu todo o seu corpo, um sorriso doentio brincou em seus lábios e vi que ele murmurava baixinho, de modo apressado e incoerente, como se não tivesse consciência de minha presença. Inclinando-me sobre ele, pude afinal compreender o sentido terrível de suas palavras.

— Não ouve, agora?... Sim, estou ouvindo e já **ouvi** antes. Há muitos, muitos, muitos, muitos minutos, muitas horas, muitos dias, venho ouvindo... e no entanto não tive a coragem... Oh, pobre de mim, miserável infeliz!... Não tive **coragem**... não tive coragem de falar! **Nós a enterramos viva!** Eu não disse que meus sentidos eram aguçados? **Agora** lhe digo que ouvi os primeiros movimentos dela no caixão. Ouvi-os... há muitos, muitos dias... mas não tive coragem... **não tive coragem de falar!** E agora... esta noite... Ethelred... ha! ha!... o rompimento da porta do eremita e o grito de morte do dragão e o clangor do escudo!... Seria melhor dizer o destroçar do caixão e o ranger das dobradiças de ferro de sua prisão e sua luta lá dentro das arcadas de cobre da cripta! Oh, para onde é que vou fugir? Pois ela não vai chegar agora mesmo? Não está vindo apressadamente para censurar minha sofreguidão? Não são seus passos que ouço na escada? Não é a batida pesada e horrível de seu coração que estou ouvindo? Louco! — e aqui levantou-se, de um salto, furioso, e berrou cada sílaba, como se estivesse entregando a própria alma nesse esforço — **Louco! Digo-lhe que ela está, agora, atrás da porta!**

Como se a energia sobre-humana de suas palavras produzisse a força de um encantamento, a imensa e antiga porta para a qual apontava foi abrindo lentamente, nesse instante, suas mandíbulas negras e pesadas. Havia sido obra do vento furioso — mas além da porta estava de fato a figura alta e amortalhada de Lady Madeline de Usher. Havia sangue em suas vestes brancas e sinais de violenta luta por todo o seu corpo emagrecido. Por um momento, ela permaneceu trêmula e vacilante no umbral. Depois, com um gemido baixo e queixoso, caiu pesadamente sobre o irmão, e em sua violenta e agora final agonia arrastou-o consigo para o chão, já morto, vítima dos terrores que tinha previsto.

Fugi aterrorizado daquele quarto e daquela mansão. A tempestade ainda soprava com toda a fúria lá fora, quando atravessei o carreiro. De repente fulgurou sobre o caminho uma luz fantástica, e me virei para ver de onde podia provir luminosidade tão estranha, pois atrás de mim só havia a vasta casa e suas sombras. A irradiação vinha da lua cheia e cor de sangue, já baixa no horizonte, e brilhava agora vivamente através daquela fenda antes quase invisível, à qual já me referi, que descia em zigue-zague do teto até a base do edifício. Enquanto eu a olhava a fenda foi se alargando rapidamente... soprou uma feroz rajada de vento... O círculo inteiro do satélite tornou-se visível aos meus olhos... Meu cérebro vacilou, quando vi aquelas sólidas paredes desmoronarem... ouviu-se um longo e desordenado estrondo, como o retumbar de mil cataratas... e o fosso fétido e profundo, a meus pés, fechou-se, tétrica e silenciosamente, sobre os restos da **Casa de Usher**.